*Con agradecimiento y amor a Andrew, que
ha sido mi inspiración.*

Capítulo 1

LA GRAVA crujía bajo las botas de Amir mientras atravesaba el campamento hasta la tienda que le habían preparado. Su camino solo lo iluminaban las estrellas. Había sido una tarde muy aburrida en compañía del líder de una tribu rival. Habría preferido ocupar su tiempo de otro modo, sobre todo cuando tenía pendiente un asunto personal muy importante que lo esperaba en su país.

—Alteza —lo llamó Faruq mientras corría hacia él—. Tenemos que preparar las negociaciones.

—No —repuso Amir—. Vete a dormir. Mañana va a ser un día muy duro.

Sobre todo para Faruq. Su ayudante se había criado en la ciudad y no estaba acostumbrado a esas regiones tan salvajes y remotas, donde las viejas costumbres dominaban y la diplomacia se hacía de forma mucho más directa y brusca.

—Pero Alteza...

No dijo nada más cuando vio que Amir le hacía un gesto a los guardias de Mustafá que tenía en la puerta de la tienda. En teoría, estaban allí para protegerlo, pero también para espiarlo.

Faruq agachó la cabeza.

—También está el asunto de la joven... —murmuró su ayudante.

«La joven...», recordó él mientras aminoraba la marcha. Pensó en la mujer que Mustafá, con gran orgullo, le había entregado esa noche.

Su pelo rubio había brillado a la luz de la lámpara. Le había parecido muy sedoso y suave y enmarcaba un rostro pálido. Sus luminosos ojos de color violeta lo habían mirado con audacia, sosteniendo su mirada. Era algo que pocos hombres y ninguna mujer se atrevían a hacer en esa región de valores tan tradicionales. La inesperada combinación de belleza y valentía había conseguido dejarlo unos segundos sin aliento.

Pero él prefería mujeres sofisticadas. Nunca se había dejado seducir por bailarinas ni mujerzuelas ataviadas con poca ropa y mucho maquillaje, el tipo de mujer que solían ofrecerle cuando visitaba a alguna autoridad. Tenía la posibilidad de elegir a mujeres hermosas por todo el mundo y no permitía que nadie lo hiciera por él.

Sin embargo, algo en ella había conseguido atraer su atención. Quizás fuera la manera en que lo había mirado, con orgullo y dignidad, como si fuera una emperatriz.

–¿Dudas de mi capacidad para manejarla? –le preguntó a su ayudante.

–Por supuesto que no, señor –se apresuró a responder Faruq–. Pero es que hay algo raro...

No le extrañó su comentario. En Montecarlo, Moscú o Estocolmo, sería normal ver a alguien como ella. Pero en esa región habitada por nómadas, bandidos y agricultores, no lo era.

–No te preocupes, Faruq. Estoy seguro de que llegaremos a entendernos de alguna forma.

Amir le hizo un gesto para que se retirara y entró en la tienda. Se quitó las botas en la pequeña antesala y suspiró al sentir las mullidas alfombras bajo sus pies.

Se preguntó si estaría esperándolo en la cama, si ya estaría desnuda...

Aunque no le gustaba esa situación, se le aceleró el pulso al recordar su exuberante y sensual boca. Tenía unos labios que habrían conseguido despertar el interés de cualquier hombre.

Apartó la pesada cortina para entrar en el dormitorio y vio que estaba vacío. Un segundo después, sintió que alguien se le acercaba por detrás. Levantó los brazos para protegerse.

Algo pesado lo golpeó y se dio rápidamente la vuelta para agarrar a su agresor.

Oyó el tintineo de unas monedas y supo quién era al instante.

Tomó su brazo y se lo retorció a la espalda. Lo hizo con movimientos controlados y precisos. Había aprendido a luchar con pesos pesados y no podía usar esas mismas tácticas con una mujer. Aunque fuera una que acababa de tenderle una emboscada en su propia habitación. La tenía bien sujeta, pero siguió luchando como una tigresa para tratar de liberarse.

—¡Ya basta! —le gritó con impaciencia.

Agarró el otro brazo justo a tiempo cuando vio que lo levantaba y lo bajaba sobre él casi con desesperación. Aunque se apartó deprisa, algo lo pinchó en la base del cuello.

—¡Es como un gato salvaje! —le gritó.

Le apretó la mano hasta que soltó el cuchillo. Amir enganchó el pie alrededor de sus piernas y la tiró al suelo, derrumbándose sobre ella. Capturó entonces sus finas muñecas y las sujetó sobre la alfombra, por encima de su cabeza. Parecía agotada y estaba tan inmóvil que se preguntó si aún respiraría, pero no tardó en sentir el movimiento de su pecho bajo su torso.

Lentamente, se llevó la mano a la garganta. Pudo sentir un rastro de humedad que bajaba hacia la clavícula. No podía creerlo. Esa mujer lo había apuñalado.

Apretó con más fuerza sus muñecas. Pero, cuando oyó que gritaba de dolor, las aflojó.

Recogió el cuchillo con el que lo había atacado. Era pequeño, afilado y muy bello. Una antigüedad con la que pelar fruta o causar graves lesiones a los incautos.

Vio que ella se estremecía, como si pensara que iba a usarlo para atacarla.

Maldijo entre dientes y lo lanzó al otro lado de la habitación.

–¿Quién la ha enviado para matarme? ¿Mustafá? –le preguntó.

No tenía ningún sentido. Su anfitrión no tenía motivos para desearle la muerte, pero no conocía a nadie más capaz de asesinar a un miembro de la realeza. Lo que hasta unos minutos antes había sido una aburrida visita, acababa de cambiar por completo.

Estaba furioso, pero esa mujer había despertado su curiosidad. Se fijó en sus exuberantes labios y sus increíbles ojos violetas que se había maquillado con kohl.

–¿Quién es? –le preguntó.

Estaba a unos centímetros de su cara. Ella lo miró y no dijo nada.

Maldiciendo, se levantó apoyándose en un brazo. El movimiento provocó que su entrepierna se apretara más contra el cuerpo de esa mujer y no pudo evitar que su mente se distrajera durante un segundo. Pero no era el momento para pensar en esas cosas.

Creía que, si lo había atacado con un cuchillo, podía tener otras armas. Rodó hacia un lado sin soltarle las muñecas y sujetando sus suaves muslos con una pierna.

Estaba casi desnuda, llevaba un traje de bailarina de danza del vientre. Sus pechos subían y bajaban rápidamente y temió que el corpiño no aguantara tanta presión. Le pareció que allí no había sitio para guardar un arma.

Bajó la mirada por su cuerpo. La piel de su torso era también muy pálida. Llevaba una cadena de monedas decorando sus caderas.

Alargó la mano para tocar su vientre y vio que se contraía asustada. Nunca había tocado a una mujer en contra su voluntad y no le gustaba tener que hacerlo, pero debía protegerse.

Deslizó su mano por debajo del cinturón y la mujer comenzó a revolverse con todas sus fuerzas, retorciéndose y tratando de apartarse.

–¡No! ¡Por favor, no! –le gritó la joven.

No hablaba en el dialecto local, sino en un idioma que pocas veces escuchaba en esa región.

–¿Es inglesa?

La miró entonces y se quedó helado al ver la expresión en sus ojos violetas. Estaba aterrorizada.

Cassie tenía un nudo en la garganta que le impedía respirar con normalidad y el corazón le latía con fuerza. Se sentía presa del pánico.

La estaba tocando con esa mano tan grande y sintió un sudor frío mientras lo miraba fijamente.

–¿Es inglesa? –le preguntó de nuevo en su idioma.

No sabía qué decir. Trató de decidir si sería mejor una nacionalidad que otra, si eso podría salvarla en esa región donde algunos viajeros eran secuestrados.

–¿Americana? –insistió el hombre.

No parecía enfadado, pero estaba atrapada y podría hacer lo que quisiera con ella.

Se estremeció al ver un hilo de sangre en su garganta. Había decidido atacarlo antes de que pudiera hacerle nada, dejándolo inconsciente con la olla de bronce, pero ese hombre era muy rápido. Demasiado rápido, demasiado fuerte y demasiado peligroso.

–Por favor –le susurró con desesperación–. No lo haga...

Todos los músculos y tendones de su cuerpo se tensaron mientras esperaba su respuesta.

–¿Quiere que la suelte después de lo que me ha hecho? –repuso él.

Estaba temblando. Él tenía un acento bastante fuerte,

pero hablaba un inglés correcto. No podía creer que estuviera en esa situación. Era una pesadilla.

–Lo siento –le dijo ella–. Pero tenía que...

Sintió que todo daba vueltas a su alrededor, como si estuviera a punto de desmayarse. Eso la angustió. El miedo la había mantenido fuerte y alerta durante las últimas veinticuatro horas. Creía que, mientras siguiera hablando con él, podría estar a salvo.

Abrió los ojos y vio que él estaba más cerca. Sus ojos eran tan oscuros que parecían negros.

–Por favor –susurró con un hilo de voz–. No me viole...

Él se echó hacia atrás como si lo hubiera abofeteado. Abrió los ojos sorprendido y apretó con más fuerza sus muñecas. Se mordió la lengua para no gritar de dolor.

–¿Cree que...? –repuso él con una mueca de desagrado.

Parecía furioso, pero siguió mirándolo. Estaba a su merced y no le convenía parecer débil.

Vio que respiraba profundamente y que su torso se hinchaba. Era un hombre fuerte y musculoso. Sabía que no podría escapar si trataba de violarla.

Los recuerdos le llegaron de golpe. No había podido olvidar nunca el terror que sintió cuando un hombre, mucho más grande que ella, la inmovilizó contra una puerta a los dieciséis años. Recordaba perfectamente la sensación de tener una de sus manos bajo la camisa y la otra en el muslo. Su peso la había asfixiado mientras intentaba...

–Nunca haría algo así –le dijo el hombre muy ofendido–. Prefiero que las mujeres vengan a mí por su propia voluntad.

El turbante de su cabeza se había desprendido mientras peleaban y vio que su pelo era negro y brillante. Por primera vez, se dio cuenta de que era un hombre atractivo y que no tendría muchos problemas para encontrar mujeres dispuestas.

–Entonces, suélteme –le suplicó ella.

Estaba medio desnuda y seguía atrapada bajo su peso. No se sentía segura.

–No, antes tengo que asegurarme de que no oculta ningún arma.

Cassie lo miró sin entender. Se preguntó entonces si eso sería lo que había estado haciendo, registrándola para ver si ocultaba un cuchillo o una pistola bajo su ropa.

Pero, de haber tenido algo más grande que ese cuchillo, lo habría usado en cuanto entró por la puerta. Cuando vio que la tocaba, había estado segura de que iba a violarla.

Trató de controlarse, pero la idea era demasiado absurda. La provocativa ropa que llevaba era tan escasa que no habría podido ocultar nada. No pudo evitar echarse a reír.

–¡Basta! –le gritó ese hombre enfadado mientras sujetaba sus hombros.

La risa desapareció de forma tan repentina como había llegado.

La observaba con el ceño fruncido. Tenía la piel dorada y las cejas tan oscuras como su pelo. Su rostro era angular, con una mandíbula fuerte.

Seguía sujetándola por los hombros, un recordatorio de que aún estaba atrapada. En ese instante, sintió que algo pasaba entre ellos dos, pero se desvaneció cuando él retiró las manos.

Se frotó las muñecas. Le dolían mucho. La había soltado, le costaba creerlo.

–Gracias –susurró ella mientras tragaba saliva.

Se sintió de repente muy cansada. Supuso que empezaba a desvanecerse la adrenalina que la había sostenido durante su encierro. Esas veinticuatro horas de terror habían agotado sus fuerzas. Tardó un tiempo en recobrar algo de energía para poder moverse.

Era muy consciente de que seguía mirándola y evaluando cada movimiento. Ese hombre estaba aún demasiado cerca. Apoyó las manos en la alfombra y se preparó para levantarse. Apenas tenía fuerzas para hacerlo. Seguía casi sin aliento después de que ese hombre la tirara al suelo.

–¿Qué es esto? –le preguntó él entonces–. ¿Qué tiene en su espalda? Justo encima de la cintura y también en el muslo.

–Supongo que tendré moretones. A ese guardia le gusta ejercer su autoridad.

Hizo una mueca al recordar la crueldad del hombre que la había pegado. Había cometido el error de desafiarlo y temía tener que volver a estar a su cuidado.

El hombre murmuró algo en árabe. Lo miró de reojo, no le gustó nada la expresión que vio en sus ojos oscuros. Instintivamente, levantó las manos para defenderse.

–¡No me mire así! –exclamó él más enfadado aún.

Después, vio que respiraba profundamente, como si estuviera tratando de calmarse.

–Conmigo, no tiene nada que temer –le aseguró.

Vio que se fijaba en la cadena que rodeaba su cintura y en la otra, más pesada y fuerte, que conectaba la primera cadena a la cama. Había pasado horas tratando de abrir uno de los eslabones. Nada había funcionado, ni siquiera el cuchillo y se había hecho cortes en los dedos.

No pudo evitar sonrojarse al ver que miraba las cadenas que la ataban a la cama como si fuera una esclava. Estaba allí para proporcionarle placer y atender sus necesidades.

No quería saber lo que estaba pensando en esos momentos. Cada vez se sentía más indignada.

Era un tipo de situación que siempre había tratado de evitar. Teniendo en cuenta su propia experiencia, la idea de ser el juguete sexual de un hombre la aterrorizaba.

–¿Dónde está la llave? –le preguntó él.

–Si lo supiera, no estaría aquí –repuso indignada.

Seguía observándola. Después, se puso en pie y fue a por su capa, que seguía en el suelo.

–Tome, cúbrase con esto –le ordenó con brusquedad como si le ofendiera verla casi desnuda.

Parecía muy serio y apartó la mirada. Se preguntó si de verdad no estaba interesado en...

–Gracias –repuso mientras tomaba la capa.

Se cubrió con ella, pero seguía muerta de frío. Se agachó y envolvió los brazos alrededor de sí misma para darse calor. El aire de la montaña era muy frío por la noche.

Vio que el hombre encendía otra lámpara y el brasero. No tardó en sentir la calidez del fuego.

–Acérquese, hay comida –le dijo él–. Se sentirá mejor después de comer.

–¡No me voy a sentir mejor hasta que no me vaya de aquí! –replicó furiosa.

A pesar de la situación, no pudo evitar fijarse en lo alto y apuesto que era. Le parecía increíble que pudiera pensar en ello en esos momentos.

Él se le acercó entonces y le tendió una mano. Ignoró su gesto y se levantó con algo de dificultad. Se tambaleó un poco, pero no se apoyó en él, no quería su ayuda.

–¿Quién es usted? –le preguntó ella con un gesto desafiante.

–Mi nombre es Amir ibn Masud al-Jaber –repuso mientras inclinaba levemente la cabeza.

–Conozco su nombre... –murmuró ella tratando de recordar por qué le sonaba tanto.

Sabía que nunca lo había visto antes. Su cara y su presencia eran inolvidables.

–Soy el jeque de Tarakhar.

–¿Jeque? ¿Quiere decir que...?

Pero no podía ser, le parecía absurdo.

–En su idioma, significa «líder».

Lo miró con los ojos muy abiertos. No le extrañó que le sonara su nombre. El jeque de Tarakhar era famoso por su fabulosa riqueza y el poder absoluto que ejercía dentro de su reino. El país que había atravesado el día anterior.

No entendía qué hacía allí ni si tendría algo que ver con su secuestro. Volvió a sentir miedo.

–¿Y usted quién es?

–Me llamo Cassandra Denison, pero todos me llaman Cassie.

–Cassandra –repitió el hombre.

Pronunció su nombre de una manera muy seductora. Sintió que volvía a tambalearse.

–¡Acérquese! Necesita comer –le dijo él.

Emanaba autoridad por los cuatro costados y, al oírlo, hizo lo que le había ordenado. Le molestó que hubiera conseguido influenciarla de esa manera, pero tenía cosas más importantes en mente. El cuchillo volvía a estar donde lo había encontrado, en una fuente con frutas y almendras.

Se preguntó si confiaría en ella lo suficiente para dejar que usara el cuchillo o si todo sería un truco para que se relajara.

No sabía si los guardias seguían vigilando la tienda. Pero, aunque no estuvieran, no sabía cómo iba a poder escapar cuando seguía atada a la cama con una pesada cadena.

Sintió la mano de ese hombre en el codo y se sobresaltó. Vio que seguía mirándola con sus impenetrables ojos negros. Pero ya no fruncía el ceño, la miraba casi con compasión.

–No puede escapar. Los guardias de Mustafá la apresarían antes de que pudiera dar dos pasos. Además, no podría sobrevivir sola en las montañas, sobre todo de noche.

Cassie contuvo el aliento con desesperación. Ese hombre podía leerle el pensamiento.

–¿Quién es Mustafá?

–Es nuestro anfitrión. El hombre que me la ha ofrecido esta noche como regalo.

Sujetándola por el brazo, la llevó hasta un montón de cojines y la obligó a sentarse en ellos. En cuanto lo hizo, soltó inmediatamente su codo. Después, se sentó al otro lado de la baja mesa.

Ese hombre lo llenaba todo con su presencia y estaba dominando por completo sus sentidos. Le llegó su perfume, una mezcla de madera de sándalo y especias. Era un aroma muy masculino que consiguió conmoverla. Se enderezó en los cojines y trató de mirarlo con más seguridad de la que sentía.

La vacilante luz del brasero acentuaba sus fuertes rasgos. Era un rostro que parecía sacado de una de esas historias de *Las mil y una noches*.

–Ahora, Cassandra Denison, ¿puede decirme qué es lo que ha pasado? –le preguntó de repente.

Su profunda voz la sacó de forma repentina y brusca de sus pensamientos.

Capítulo 2

CASSIE vio que parecía muy serio. Respiró lentamente y trató de tranquilizarse al ver que tomaba el cuchillo. Pero se relajó al ver que lo limpiaba con un paño y empezaba a pelar una naranja.

–No estoy acostumbrado a que me hagan esperar –agregó él con impaciencia.

–¡Y yo no estoy acostumbrada a que me secuestren! –repuso ella.

–¿Que la han secuestrado? –murmuró él frunciendo el ceño–. Eso cambia las cosas.

La observó en silencio durante unos segundos. Era como si pudiera ver más allá del maquillaje y la henna con la que habían decorado sus manos y sus pies. Le parecía que podía ver lo desesperada y asustada que estaba.

El silencio se alargó un poco más. Sabía que debía aprovechar ese momento para suplicar y pedirle que la ayudara. Creía que podría llegar a persuadirlo con su elocuencia.

–Perdone mi curiosidad, pero no estoy acostumbrado a que me ataquen con un cuchillo –le dijo.

Sintió algo de esperanza. Quería confiar en él, pero no sabía si podía hacerlo.

–Estoy encadenada. ¿No está claro que estoy aquí en contra de mi voluntad? –preguntó ella.

–Me temo que tenía otras cosas en la cabeza.

Muy a su pesar, le gustó su sentido del humor. Aunque acababa de ser atacado, no había perdido en ningún momento la compostura. Tampoco parecía haber perdido sus modales. Tomó una jarra y un cuenco y se los ofreció sin decir nada para que se lavara las manos.

El cortés gesto consiguió calmar sus nervios. Extendió sus manos sobre el cuenco. Él vertió agua sobre sus dedos y esperó a que ella se frotara las manos. Después, echó más agua.

Le pasó una toalla y lo hizo con cuidado para no tocarla.

—Además, lo de la cadena podría haber sido una estratagema.

—¿Una estratagema? —repitió indignada—. ¿Cree que me divierte estar atada? ¡Es pesada e incómoda! ¡Lo que me han hecho es inhumano!

Se sentía como si fuera un objeto, no una persona. El secuestro había sido terrible y aterrador, pero estar atada como un animal había sido lo más duro y terrorífico. Ni su madre, que había vivido para complacer a los hombres, se había tenido que ver en una situación tan brutal.

—Incluso en esta región del mundo donde no rige la ley, no esperaba encontrarme con un secuestro ni con una esclava. Antiguamente, ataban así a los esclavos, con cadenas. Pensé que Mustafá la habría encadenado como un gesto simbólico, no para evitar que escapara.

—¿Me cree capaz de acceder a algo así? ¿Piensa que he elegido yo misma esta vestimenta?

Recordó entonces la mirada ardiente de ese hombre cuando la llevaron a la tienda comunal. Esa mirada había conseguido calentarla por dentro como no podría haber hecho ningún fuego.

—No sé qué pensar, no la conozco.

Cassie respiró algo más calmada y asintió con la cabeza. Creía que tenía razón. Sabía tan poco de ella como ella de él. La cadena podría haber sido parte del atrezo, algo picante para atraer la atención de un hombre al que le pudiera gustar la idea de tener una mujer completamente a su merced. Una mujer cuya única misión en la vida fuera darle placer.

Sin previo aviso, volvieron a su mente los recuerdos más dolorosos de su pasado. Pensó entonces en Curtis Bevan. Había sido el novio de su madre cuando ella tenía dieciséis años. Se pavoneaba por el piso como si todo fuera suyo. También la había mirado a ella de esa manera. Sobre todo un día de Navidad, cuando volvió a casa y...

−¿Cassie?

El sonido de su nombre en esa exótica voz la devolvió a la realidad. Lo miró a esos ojos que parecían atravesarle el alma. Le costaba mantener la calma, se sentía atrapada entre la pesadilla del pasado y la del presente. Respiró profundamente y enderezó los hombros.

−Para que quede claro, ¡no quiero estar aquí! Cuando entró, pensé que...

No pudo terminar de decirlo. Había creído que entraba en la tienda para acostarse con ella y que poco le iba a importar si ella estaba dispuesta o no.

−Pensó que no tenía elección −terminó él−. El ataque preventivo fue un buen movimiento y uno muy valiente.

−No fui valiente, solo estaba desesperada −le confesó ella−. ¿Quién es ese Mustafá? ¿Por qué piensa que tiene derecho a entregarme a usted como un regalo?

Amir se encogió de hombros. No podía dejar de mirarlo. Tenía un torso ancho y fuerte, un rostro muy masculino y emanaba poder por los cuatro costados.

−Mustafá es el jefe de un grupo de bandidos, gobierna esta región montañosa hasta la frontera con Tarakhar. Ahora mismo estamos en su campamento −le explicó Amir mientras le ofrecía un gajo de naranja−. Pero ¿cómo llegó hasta aquí?

−Estaba atravesando Tarakhar en autobús...

−¿Sola? −le preguntó Amir con desaprobación en su tono.

−Tengo veintitrés años. ¡Soy perfectamente capaz de viajar yo sola!

Las circunstancias la habían obligado a ser independiente desde una edad muy temprana. Nunca se había permitido el lujo de confiar en los demás. Además, su destino, un pueblo rural cerca de la frontera no formaba parte de ninguna ruta turística.

–Los visitantes son tratados con respeto en Tarakhar, pero se aconseja no viajar solo.

–Ya he comprobado por qué –repuso ella–. Podría ser útil que se advirtiera a los visitantes extranjeros del peligro que corren aquí. Me habría gustado saberlo antes de venir.

Amir la miró con los ojos entrecerrados.

–Tiene razón –le dijo mientras asentía con la cabeza–. Hay que tomar medidas.

Cassie lo observó y se preguntó qué medidas tendría en mente. Aunque parecía tranquilo y sereno, algo le decía que no lo era.

–Me ha dicho que Mustafá gobierna estas montañas. Entonces, ¿esto ya no es Tarakhar?

–No, estamos en Bhutran y en el territorio tribal que Mustafá gobierna con puño de hierro.

Se le cayó el alma a los pies. Había experimentado en sus propias carnes esa mano de hierro. Había tenido la esperanza de que siguieran en Tarakhar, donde alguien habría ido en su socorro. Era, después de todo, el territorio del jeque Amir. Bhutran, en cambio, era un estado sin ley. Cada vez estaba más desesperada, pero sabía que no debía darse por vencida, tenía que encontrar una manera de salir de allí.

Miró la fuente de fruta, iba a necesitar energía para escapar.

Amir la observó mientras devoraba la fruta y los dátiles. Le había demostrado que era una contrincante fuerte y que no se callaba, pero no dejaba por ello de ser femenina y esa combinación había conseguido despertar su interés. Hacía mucho que no sentía algo parecido.

Sus labios eran suaves y apetecibles, brillaban por el zumo de las frutas. De vez en cuando, asomaba entre ellos su lengua para lamerse ese jugo. Se dio cuenta de que su sensualidad era algo innato en ella, no podía hacer nada por evitarlo.

Pero no había sido solo ese magnetismo sexual lo que había despertado su interés. Cuando Mustafá, en un alarde de generosidad, se la había presentado como regalo esa noche, sintió algo cuando se miraron a los ojos. Algo que había conseguido sacarlo del aburrimiento de la reunión.

Después, aunque su ataque lo había enfurecido, no se le habían pasado por alto la suavidad de sus curvas ni su delicado aroma. Había tenido a muchas mujeres en su vida y cada vez le resultaba más difícil encontrar a una que consiguiera acelerar su pulso.

La joven tomó un dátil y el movimiento hizo que se le abriera un poco la capa, revelando la piel suave y pálida de sus clavículas. Se deslizó un poco más y mostró el apretado corpiño azul, una prenda que no conseguía cubrir un pecho perfecto.

Apartó de golpe su mirada. Tenía que concentrarse en el problema que tenía entre manos.

–¿Por qué estaba viajando por aquí?

–Voy a trabajar como voluntaria en una escuela, enseñando inglés durante un par de meses.

–¿Es maestra? –le preguntó con sorpresa.

Aunque sabía que esas no eran sus ropas habituales, le costaba imaginarla en un aula.

–No es a lo que me dedico en Australia, pero necesitaban voluntarios y me pareció que sería una experiencia muy... Muy gratificante.

Esa mujer cada vez le parecía más interesante. Podía

imaginarla en una ciudad bulliciosa y animada, estaba llena de energía y opiniones. Nunca podría haber adivinado que estaba allí para enseñar en una escuela rural.

–¿Cómo ha llegado hasta aquí?

–El autobús se averió en las colinas, cerca de la frontera. Era un problema mecánico bastante grave y todos los pasajeros se fueron a sus casas. Nos quedamos solos el conductor y yo. De repente, oímos un ruido muy fuerte, como un trueno –le dijo mientras fruncía el ceño–. Bajaron varios jinetes de las montañas y me apresaron.

Su voz no reflejaba ninguna emoción, pero sabía que solo estaba fingiendo.

–Perdí de vista al conductor entre los caballos y el polvo del camino –le dijo–. Había sido muy amable conmigo. No sé qué ha pasado con él...

–No se preocupe por él. Me informaron del ataque cuando venía para aquí. El conductor se está recuperando de una conmoción cerebral en el hospital.

Cada vez le costaba más dominar su ira. Mustafá había tenido el descaro de ordenar una incursión violenta y el secuestro de un extranjero dentro del territorio de Tarakhar un día antes de que él lo visitara. Era una afrenta muy grave.

Pero no era la arrogancia de Mustafá lo que más le dolía, sino lo que le habían hecho a esa mujer tan extraordinaria. Aunque supuso que habría estado aterrorizada y que la habían hecho presa, había conseguido mantener la calma y tratar de escapar. Había luchado con todas sus fuerzas a pesar de su inferioridad física.

Era un hombre desconfiado, creía que tenía que serlo, pero la mezcla de vulnerabilidad y coraje de esa joven había conseguido despertarlo de un largo letargo.

Sabía que era normal que se compadeciera de ella. Pero no recordaba cuándo había sido la última vez que alguien le había importado de verdad, a nivel personal.

Llevaba demasiado tiempo centrado solo en el trabajo o en su propio placer.

Era autosuficiente y se sentía orgulloso de ello. Nunca había tenido amor en su vida, ni siquiera de niño. Tampoco le habían permitido entablar amistad con los otros muchachos que, como él, habían aprendido a convertirse en guerreros bajo la firme tutela de su tío.

Se le daba bien ignorar sus sentimientos y centrarse en las cuestiones importantes.

Esa noche, había jugado el papel de invitado educado. En eso consistía a veces la diplomacia. Le había permitido a Mustafá que fuera su anfitrión, pero al día siguiente se iba a encontrar con un invitado mucho menos solícito y amable.

Mustafá podía vivir en una región sin ley, pero él iba a mostrarle que no era ningún monigote con el que pudiera jugar. Había sido paciente porque sabía que las negociaciones debían ser lentas, pero tenía asuntos más importantes que tratar en su país y Mustafá iba a sufrir toda la fuerza de su furia.

—¿De verdad está bien el conductor? —le preguntó ella entonces.

Le gustó ver que se preocupaba por ese hombre a pesar de su propia situación.

—Se recuperará. Lo golpearon y perdió el conocimiento. Por eso no avisó sobre su secuestro.

Sintió de repente una oleada de impaciencia, necesitaba hacer algo. Estaba a punto de ponerse en pie cuando lo detuvo su expresión. Fingía ser fuerte y dura, pero parecía nerviosa. Estaba claro que no confiaba en él y tampoco le extrañó que no lo hiciera.

—¿Ha estado con los hombres de Mustafá desde el secuestro? —le preguntó él.

Cassandra asintió con la cabeza y le preocupó que no le diera más detalles. No quería ni pensar en lo que le podían haber hecho. Se le contrajo el estómago al pensar en todas las posibilidades.

Cassie lo observó mientras servía un poco de zumo. Después, se lo ofreció a ella sin decir nada.

–Gracias –repuso mientras lo aceptaba con cuidado de no tocar su mano.

Recordaba demasiado bien el calor de su piel sobre la de ella y le parecía peligroso que volviera a tocarla.

Era un hombre inquietante. Aparentaba calma mientras le preguntaba cómo había sido todo, pero parecía estar siempre en alerta, como si el peligro lo acechara.

Ella también sentía ese peligro, pero no era su fuerza física lo que temía, sino algo más que había conseguido hacerle pensar en otras cosas a pesar de la situación en la que estaba.

Cuando se miraban a los ojos, le parecía que casi podía ver chispas de electricidad entre los dos.

A pesar de las circunstancias, no podía dejar de admirar su aspecto tan masculino y sexy ni su apuesto rostro.

No entendía qué le pasaba, por qué estaba pensando en esas cosas.

–Ahora que sabe que estoy aquí en contra de mi voluntad, podrá ayudarme, ¿verdad?

Él se quedó en silencio y ella contuvo la respiración. Cada segundo que pasaba sin que le respondiera la alejaba de su objetivo. Tenía que conseguir que la ayudara, creía que era su única salvación. Sabía que no podía ignorar lo que le había sucedido.

–Por desgracia, no es tan simple –le dijo al fin–. Va a tener que ser paciente.

Se sentía traicionada. Su expresión no dejaba entrever lo que estaba pensando. Era como si no entendiera su desesperación. También cabía la posibilidad de que

no le interesara ayudarla y hubiera tratado de tranquilizarla para seducirla. Se echó a temblar al pensarlo.

No creía posible que el jeque de Tarakhar pudiera
estar interesado en ella. Suponía que sus amantes habituales serían mujeres mucho más sensuales y seducto-
ras. Aunque llevaba ropas sencillas y austeras, le había
parecido un hombre que solo se conformaría con lo mejor. Y, si lo que buscaba era experiencia y habilidades
sexuales, con ella no tenía nada que hacer. Desafortu-
nadamente, sabía que algunos hombres preferían que sus
amantes carecieran de esa experiencia. Era algo que había sufrido de manera muy directa.

Con cuidado y sin dejar de mirarlo a los ojos, deslizó
la mano por debajo de la capa para hacerse con el cuchillo de la fruta.

–Cuidado con esas garras de gatita, ya no necesita
un arma –le dijo Amir con tranquilidad.

No podía creer que la hubiera llamado «gatita». Indignada, apretó con fuerza la empuñadura del pequeño
cuchillo.

–¿No? –repuso ella.

–No. Yo no hago daño a las mujeres –le aseguró el
jeque con firmeza.

Pero había decidido que no podía arriesgarse.

–En mis circunstancias, entenderá que quiera protegerme.

Amir la miró con curiosidad. Le parecía increíble
que su palabra no fuera suficiente para esa mujer, que
no confiara en él. Era como si pensara que era como
Mustafá o sus hombres.

La joven levantó orgullosa la barbilla. A pesar de la
pose, su fino cuello quedó al descubierto y le recordó
que era más frágil de lo que quería aparentar.

Algo se agitó en su interior. Sintió un gran respeto

por esa mujer que no sabía que no necesitaba seguir luchando, que podía confiar en él.

Pensó en los años que había pasado él tratando de demostrar su valía una y otra vez, luchando contra las dudas y los prejuicios de todos. Su determinación lo había empujado a seguir luchando y por eso estaba donde estaba. Se dio cuenta de que no era la persona más adecuada para decirle a otra cuándo debía dejar de luchar.

–Si así se siente más cómoda, puede quedarse con el cuchillo –le dijo él.

Le dedicó entonces una breve sonrisa, esperando que ella agradeciera su gesto. Después de todo, portar armas en presencia de la realeza había sido hasta hacía poco tiempo una ofensa capital. Cassie no dijo nada. No sabía si sentir frustración por su desconfianza o admirar su determinación.

–Pero no intente atacar a los guardias de Mustafá con él. Son guerreros muy bien entrenados. Se defenderán con todas sus fuerzas y saldrá perdiendo.

–¿Los llama «guerreros» cuando han sido capaces de secuestrar a una mujer desarmada?

–Tiene razón. Su comportamiento los deshonra.

Él también sentía que había fracasado. Había sido secuestrada dentro de su reino. Le dolía que la hubieran sacado de su país para someterla a esa situación.

–Esos hombres harán lo que Mustafá les ordene –le dijo él.

–¿Y usted?

Le pareció que había cruzado una raya muy peligrosa con esa pregunta.

–Señorita Denison, le doy mi palabra de que no tiene nada que temer de mí.

–Pero... –murmuró ella bajando la mirada–. Ya veo... Gracias.

Como un globo pinchado por un alfiler, le pareció que se desinflaba frente a él y lamentó verla así. No entendía cómo había perdido el control de la situación. Aunque se esforzaba por tranquilizarla, sus reacciones estaban siendo demasiado fuertes e impredecibles.

No sabía cómo calmarla y ganarse su confianza.

Tenía mucha experiencia con las mujeres y sabía cómo complacerlas, pero siempre habían sido ellas la que lo habían perseguido. Se limitaba a elegir a la que deseaba. Nunca había tenido que esforzarse para ganarse la confianza de una mujer.

No sabía cómo iba a lidiar con esa mujer que tanto lo desafiaba e intrigaba al mismo tiempo. Una mujer que, muy a su pesar, dependía de él.

Capítulo 3

POR QUÉ no es tan simple? –le preguntó ella de repente.

–¿Perdón?

Cassie trató de mantener la calma.

–Me ha dicho que no será sencillo sacarme de aquí –le aclaró.

–Así es –repuso el jeque mientras se servía una copa y se la llevaba a los labios.

Frunció el ceño y apartó la mirada. No entendía por qué, pero le pareció algo muy íntimo ver cómo tragaba y echaba la cabeza hacia atrás para beber.

Pensó que quizás fuera consciente de todas esas cosas por culpa del estrés de su situación. Tampoco ayudaba que estuvieran en esa pequeña tienda con tan poca iluminación.

–Acabo de llegar y voy a pasar aquí una semana –le explicó el jeque.

Cassie asintió con la cabeza.

–¿Y?

–Y usted tendrá que permanecer aquí hasta entonces.

–¡De ninguna manera! –exclamó indignada mientras se levantaba.

Pero volvió a sentarse cuando él extendió un brazo. No la tocó, su mano se detuvo a pocos centímetros de ella. Pero el gesto surtió efecto.

–Si piensa que voy a pasarme aquí metida una semana...

–Eso es exactamente lo que espero, señorita Denison –la interrumpió Amir–. Cuando mis negociaciones con

Mustafá terminen, la sacaré de aquí. Mientras no salga de la tienda, estará bajo mi protección. Nadie la tocará mientras sea mía.

Abrió mucho los ojos al oírlo. Una parte de ella sabía que no debía sorprenderse. Lo que había pasado en la otra tienda le había dejado muy claro para qué estaba allí. Ni siquiera había necesitado hablar su idioma para entenderlo.

Pero era distinto oírlo.

—¡No soy suya! —exclamó enfadada—. ¡No soy de ningún hombre!

Él negó con la cabeza.

—Lo que necesitamos es que Mustafá y todos los demás en este campamento tengan muy claro que me pertenece a mí.

—¡Son unos bárbaros!

Era como si estuviera en otro siglo. Le parecía inconcebible que la trataran de ese modo.

—Lo sé. Mustafá cree que con estos actos de bravuconería consigue apuntalar su autoridad al frente de esta gente.

Vio que la miraba de arriba abajo, aunque estaba completamente cubierta con la capa. Algo le decía que podía imaginarla sin esa prenda. No pudo evitar estremecerse al recordar cómo había mirado su piel desnuda y sintió una oleada de calor por todo el cuerpo.

—¡Pero no puede pretender que me quede aquí encerrada!

—No puedo acortar la visita.

—¿Ni siquiera para rescatar a una mujer en apuros? —le pidió ella.

—Estoy aquí para poner fin a incursiones fronterizas como las que provocaron su secuestro. Si la diplomacia falla, tendré que usar la fuerza. Entenderá que no quiera arriesgar la vida de mis ciudadanos si no es absolutamente necesario.

Al oírlo, levantó la cabeza y lo miró a los ojos.

–No puedo arriesgarme a que le pase a otra persona lo que le ha ocurrido a usted.

Cassie se sentó sobre los talones. Entendía lo que le decía, pero necesitaba salir de allí.

–Pero puede quedarse aquí y yo...

–¿Qué? –la interrumpió Amir–. ¿Cree que podría salir sola y sobrevivir en las montañas?

Le molestaba que le hablara con desdén, no era tan ingenua como él pensaba.

–Alguno de sus hombres podría acompañarme...

Vio que negaba con la cabeza antes de oír todo lo que quería decirle.

–Solo he traído a un pequeño grupo y los necesito aquí. Lo lamento, pero su única opción es irse del campamento cuando lo haga yo.

Cassie apretó los labios y miró hacia otro lado. No quería que viera la desesperación en sus ojos.

–Esta situación tampoco es ideal para mí –le aseguró Amir–. Pero es el único camino. Míreme, Cassandra.

Le sorprendió de nuevo cómo sonaba su nombre cuando él lo pronunciaba.

–Cassie –le corrigió ella.

–De acuerdo, Cassie –le dijo mientras la miraba con esos ojos tan negros como la medianoche–. ¿Podrá perdonarme que sea completamente sincero?

–Lo prefiero así –repuso ella.

Creía que, cuanta más información tuviera, más segura estaría.

–Es esencial que todo el campamento crea que estoy contento con este arreglo y que usted lo ha aceptado.

Abrió mucho los ojos al entender lo que quería decir.

–Si no es así, Mustafá la entregará a otro hombre y a mí me buscarán otra mujer que la reemplace. O puede que Mustafá prefiera tenerla en su propia tienda –le aseguró Amir–. ¿Quiere correr ese riesgo?

Estaba muerta de miedo y no pudo evitar estremecerse al recordar cómo la habían mirado los otros hombres cuando Mustafá la presentó como una especie de regalo para Amir.

De mala gana, negó con la cabeza. Decidió que, al menos de momento, prefería estar con él.

Media hora más tarde, Cassie estaba inmóvil y con los ojos fijos en un tapiz que decoraba la pared de la tienda. Representaba un patio lleno de plantas, bellas damas y varias fuentes. Una de las mujeres tocaba un instrumento de cuerda, otra cepillaba la larga melena de una joven que bebía algo de una copa. Otra más sujetaba una flor entre sus manos.

–Es un jardín de los placeres –murmuró Amir a su lado.

Sintió su aliento como una caricia en el brazo.

–¿Sí? –repuso ella.

No quería tratar de entender por qué se acaloraba cada vez que lo sentía cerca.

–Por supuesto. En países como este, un jardín es un paraíso, un lugar donde el agua es abundante, donde hay plantas verdes y belleza.

Cassie sabía que él solo le estaba hablando para distraerla mientras trataba de quitarle la cadena de su cintura. Estaba teniendo problemas para conseguirlo y no le importó que siguiera susurrándole de ese modo. Su voz tentadora le resultaba muy tranquilizadora.

Después de esa media hora de amabilidad y tranquilidad, sus miedos habían ido desapareciendo y empezaba a ser consciente de otras cosas, como del hombre que tenía a su lado y de su propio cuerpo.

Pensó que tal vez fuera consecuencia del estrés que se sintiera tan sensible a su cercanía y a su contacto.

–¿Y las mujeres del tapiz? –le preguntó ella para conseguir que le siguiera hablando.

Prefería pensar en otra cosa y no en la sensación que

le producía tener sus grandes manos rozando su piel con tanta delicadeza.

–Tranquila, no se mueva. Este candado es muy difícil de abrir.

Contuvo el aliento al sentir sus dedos bajo la cadena de su cintura.

–Las mujeres representan los placeres de los sentidos –le dijo Amir–. La música relajante, el aroma de la flor, el sabor del néctar dulce, el placer del tacto y la visión de la belleza.

Amir tiraba con cuidado, pero con firmeza. Probó una y otra vez.

–Es fascinante. Pensé que era un bonito diseño y nada más.

–Es mucho más que eso. Se puede interpretar de varias formas.

Sintió entonces el suave roce del cabello de Amir sobre la piel desnuda de su espalda.

–¿En serio? ¿Qué otros significados tiene?

Amir se quedó unos segundos en silencio mientras trataba de liberarla. Después de un tiempo, oyó por fin el sonido que había estado esperando.

Él se enderezó poco después, sosteniendo un extremo de la larga cadena y el viejo candado, y dedicándole una gran sonrisa. Ese gesto le hizo parecer de repente más joven, accesible y atractivo. El corazón le dio un vuelco, no pudo evitarlo.

Se dijo que se sentía así porque por fin se había librado de la cadena, nada más.

–La imagen es además una metáfora de los placeres que se encuentran en una amante –le dijo entonces Amir mientras la miraba a los ojos–. La sensación de su suave piel, el sonido de sus suspiros, su esencia femenina y el placer que se encuentra en la vista y en el gusto de esa mujer.

Sintió que él miraba entonces sus labios y se estremeció. Amir no tardó en apartarse rápidamente, mirando la cadena que tenía en sus manos.

Era un alivio despedirse de esa cadena. Había sido muy degradante estar atada como un animal.

–Estará más cómoda sin esto –le dijo Amir mientras tiraba la cadena al suelo–. Me encargaré de que se la lleven de aquí mañana por la mañana.

Le emocionaba ver que ese hombre estaba de su parte. Siempre había tenido que pelear sola y era agradable tener a alguien que la ayudara.

–Gracias, Alteza –le dijo ella casi sin aliento.

Amir la miró a los ojos.

–En las circunstancias en las que estamos, creo que deberíamos tutearnos. Puedes llamarme Amir –le dijo él.

Cassie tragó saliva. Después de todo lo que había pasado, no entendía por qué ese gesto le afectaba tanto. Era como si estuviera desesperada por tener un amigo, alguien que la tratara con un poco de amabilidad. Se sentía aún muy vulnerable.

–Gracias, Amir –repuso ella–. Y ¿qué pasa con esta? –añadió sujetando la cadena más fina que rodeaba su cintura–. ¿Puedes quitármela?

Amir la miró y negó con la cabeza.

–Necesito otras herramientas para hacerlo y no las tengo conmigo.

Se sintió muy decepcionada. Esa cadena no era pesada ni tan incómoda como la otra, pero le recordaba su situación. Era una cadena de esclava.

Su embriagadora sensación de libertad se desintegró de repente cuando recordó cuál era su realidad.

–Cuando volvamos a Tarakhar, no tardaré más de unos minutos en quitártela –le prometió él.

Ella asintió en silencio y se sintió de repente agotada. Había sido un día muy largo.

Amir señaló la gran bañera que los sirvientes habían llenado con agua caliente. Salían espirales de vapor de su superficie.

–Bueno, saldré para que puedas bañarte –le dijo Amir–. Llámame si necesitas algo.

Cassie no tardó mucho tiempo en salir de la sala de baño, pero a Amir se le hizo eterna la espera. Aprovechó el tiempo para tratar de calmarse y pensar en cómo iba a castigar a Mustafá y a los que habían llevado a cabo el secuestro. Pero, de vez en cuando, aparecía en su mente la cara de Cassie Denison, su coraje y su determinación. Y también, su exuberante cuerpo.

Habían sido una auténtica tortura los minutos pasados tratando de abrir ese viejo candado. Sabía que a ella también le costaba permitir que la tocara. No sabía si sus secuestradores habrían abusado de ella y se le encogía el estómago al pensar en esa posibilidad.

Le habían temblado las manos mientras trataba de quitarle la cadena. Trató de convencerse de que le había costado hacerlo por la ira que sentía.

Cassie no había dejado de hacerle inocentes preguntas sobre el tapiz y su mente había comenzado a vagar por caminos peligrosos. Ya conocía el aspecto, el olor, el sonido y el tacto de esa mujer. Durante un segundo de locura, había llegado a preguntarse cuál sería su sabor. Había tenido entonces que respirar profundamente para volver a concentrarse en el candado.

Después de varios meses de celibato, no le costaba mucho que su mente se desviara hacia el placer sexual. Había pasado demasiado tiempo desde la última vez que había tenido una mujer en su cama. Respiró profundamente, sabía que sus asesores tenían razón. Cuanto antes se casara, mejor. Le habían empezado a cansar las demandas y la dependencia de sus amantes.

Creía que con una esposa, todo sería muy distinto. No dependería tanto de él, estaría ocupada además en el palacio real y en criar a sus hijos. Sonrió al pensar en ello, le gustaba esa idea.

Al menos hasta que se dio cuenta de que la mujer que imaginaba en esos momentos tenía ojos de color violeta y el pelo rubio como el maíz.

La habitación estaba en penumbra, solo había una lámpara encendida. Todo estaba en silencio, pero Cassie se detuvo en el umbral con el corazón a cien por hora.

La cama era enorme, baja y lo suficientemente amplia como para que durmieran cuatro personas. Pero le pareció que ya estaba llena con ese hombre en ella.

Amir le había asegurado que con él estaba a salvo, pero no podía compartir su cama. Fue hasta la cama y tomó una almohada.

Él ni siquiera la había visto. Su pecho subía y bajaba ligeramente con cada respiración.

Le indignó que le hubiera afectado tan poco su presencia y su secuestro. Le parecía increíble que ya estuviera dormido, pero creía que sería más fácil así.

Se envolvió en la capa y se acurrucó en una alfombra al lado de la cama. Recostó la cabeza sobre la mullida almohada y suspiró. Le dolían todos los huesos y estaba agotada.

—No puedes dormir ahí —le dijo él de repente.

—Prefiero dormir sola —repuso ella.

—Ya hemos hablado de ello, Cassie. ¿Aún no confías en mí?

—No es eso...

Pero sí lo era. Se veía incapaz de confiar en ese desconocido. Había sido amable y dulce con ella, había conseguido tranquilizar sus nervios, pero...

Se quedó sin aliento al ver que la tomaba en sus fuertes brazos.

Volvió el miedo de golpe, luchó para escapar, pero

no lo consiguió. Estaba atrapada contra su fuerte y desnudo torso.

Amir la dejó caer en la cama. En cuanto tocó el colchón, se enderezó para ponerse en pie, pero él la sujetó.

–¡Ya basta! –le ordenó él–. Estás a salvo.

Ella no se sentía a salvo. Se quedó mirando su amplio y musculoso torso. Un ligero y oscuro vello cubría sus músculos. Tenía su cara muy cerca y el corazón no dejaba de latirle con fuerza. No sabía si por culpa del miedo o de algo más.

–No puedes dormir en el suelo, dormirás aquí, conmigo. Así, cuando entren los criados por la mañana nos verán juntos en la cama. ¿Lo entiendes? –le dijo Amir–. ¿Cassie? ¿Lo entiendes? Debe parecer que hemos pasado la noche juntos, como dos amantes. Es por tu propia seguridad. A no ser que desees que te saquen de aquí y te lleven con otro hombre...

Cassie tragó saliva al oírlo. Su corazón seguía latiendo rápidamente y se dijo que estaba así por el miedo y la ira, nada más. Pero Amir se le acercó un poco más y le llegó su masculino aroma de sándalo.

–¿De acuerdo?

–¡No tengo otra opción! –replicó indignada.

–Me alegra ver que lo entiendes –le dijo Amir con sarcasmo.

Cassie se quedó inmóvil, no podía dejar de mirarlo. Era como si su musculoso torso hubiera conseguido hipnotizarla.

–Toma. Este es mi regalo –le anunció Amir mientras le daba algo frío.

Vio que era un impresionante y pesado cuchillo. Estaba metido en una vaina metálica.

–¿En serio? –preguntó ella con incredulidad.

–Quédatelo hasta que estés a salvo y lejos de aquí. Es mucho más efectivo que el cuchillo de pelar la fruta.

Aturdida, lo miró a la cara y vio que sonreía.

De repente, se dio cuenta de que confiaba en él.

–Duerme con la daga, Cassie. Si sientes miedo de noche, recuerda que la tienes a mano.

Sintió que se le encogía el corazón. Sus palabras habían conseguido emocionarla. Amir le estaba devolviendo su fuerza, el poder de ser capaz de protegerse a sí misma.

–Ahora descansa. Nadie te hará daño –le aseguró ese hombre.

Alargó la mano hacia ella como si quisiera acariciarle la mejilla, pero no lo hizo.

Se quedó inmóvil al ver que se acercaba a ella y la tapaba con una pesada colcha. Amir se quedó un momento mirándola, después se alejó para ir al otro lado de la cama.

Lo observó mientras lo hacía, fijándose en cómo se quitaba la ropa hasta quedarse solo con unos ligeros pantalones de tela. Tenía una esbelta cintura y unas nalgas y muslos tan fuertes y poderosos como el resto de su cuerpo. Nunca había conocido a un hombre con un aspecto tan elemental, tan masculino.

Con el corazón en la garganta, vio que levantaba la colcha y se metía en la cama. Se acostó tan lejos como pudo de ella y de lado. Cassie se quedó mirando su fuerte espalda durante mucho tiempo, pero estaba agotada y, poco a poco, sus párpados se fueron cerrando.

Sentía por fin algo de paz en su interior.

Y sabía que no habían sido sus palabras las que habían conseguido tranquilizarla, tampoco la preocupación que había visto en sus ojos ni la daga que le había entregado.

Había sido ese último gesto. Hacía muchos años que nadie la tapaba cuando se metía por la noche en la cama. No había tenido a nadie que le mostrara tanta ternura.

Su corazón se aferró a ese momento y no tardó en quedarse dormida.

Sin saber que ese hombre se había dado la vuelta e iba a pasar toda la noche en vela observándola con el ceño fruncido.

Capítulo 4

YA HABÍA salido la luna cuando Amir volvió al campamento. Iba cabalgando al lado de Mustafá y varios de sus hombres.

Había estado con él desde el amanecer. Mustafá había organizado un día lleno de actividades para entretenerlo y mostrarle las habilidades de sus hombres. Un día diseñado para agotar a cualquiera que no fuera un guerrero, una estratagema de la que Mustafá pretendía obtener una clara ventaja para futuras negociaciones. Pero Amir no iba a permitir que lo lograra.

Mustafá sabía cómo había sido la vida de Amir, quiénes habían sido sus padres y la vida que habían llevado en el extranjero. Eran inicios poco prometedores para el que iba a convertirse en líder de unas tierras donde sería necesaria una mano dura, un dirigente intransigente y un hombre de honor.

Pero su anfitrión, igual que habían hecho muchos otros, no había investigado a fondo cómo era de verdad Amir. Había creído todo lo que le habían contado sobre el jeque de Tarakhar.

No se había molestado en descubrir que, aunque su pasado lo había convertido en el hombre que era en la actualidad, era también más fuerte, más decidido y estaba más centrado en su tarea que cualquiera de los guerreros que los rodeaban.

Era Mustafá el que a duras penas aguantaba ya en su silla de montar y el que tenía que secarse el sudor de vez en cuando. Amir seguía montando con la espalda recta y la mente despejada. Podría haber seguido así durante horas, aguantando y superando todas las pruebas que Mustafá le había preparado.

Nunca lo había respetado. Creía que se limitaba a aprovecharse de la situación en ese territorio tan inestable para hacerse con el poder absoluto. Y, después de lo que había descubierto la noche anterior, le había costado controlar su furia.

Se le vinieron a la cabeza unos enormes ojos violetas.

La había dejado dormida en la tienda esa mañana. A la luz del amanecer y sin maquillaje, le había parecido preciosa y más joven. Un ser casi inocente que dormía agarrado a la empuñadura de su daga.

Las emociones se agolpaban en su interior, ansiaba vengar lo que le habían hecho, pero se sentía también algo frustrado e impotente. Eran sentimientos que no había experimentado desde su niñez. Aunque deseaba hacerlo, sabía que no podía sacarla aún de esa situación.

Tenía obligaciones que cumplir, no podía volver a su país y abandonar esas conversaciones tan necesarias para garantizar la paz y la seguridad de la región.

Azuzó al caballo y este se echó a galope. Mustafá lo siguió, pero no podía seguirle el ritmo. Llegaron a la cima de una montaña desde la que ya se veía el campamento. Por fin iba a poder librarse de tan desagradable compañía, aunque solo fuera durante unas horas. O quizás se sintiera así porque por fin iba a volver a verla.

Había pasado muchas horas observándola la noche anterior. Deslizando su mirada sobre una piel tan suave como pétalos de rosa, un cabello luminoso como los rayos del sol y la boca más tentadora que había visto en su vida.

Pero no quería seguir pensando en ello, era una prueba de debilidad, algo que había evitado desde su niñez. Siempre había tenido la necesidad de ser mejor y más

fuerte que los demás. Y, para ello, había tenido que esforzarse al máximo.

Las mujeres habían tenido un papel muy específico
en su vida. No había permanecido despierto observando
a ninguna, al menos hasta esa última noche.

Abrió la boca para sugerirle a Mustafá que se reunie-
ran después de la cena, pero un grito lo paralizó. Vio algo
de movimiento y varias figuras alrededor de su tienda.

Sin pensárselo dos veces, azuzó al caballo para que
galopara aún más deprisa. Y lo detuvo a pocos metros
de su tienda. Frente a la puerta, luchaban un par de personas.

—¡Ya basta! —ordenó con firmeza.

Otros hombres que contemplaban la escena se apar-
taron asustados, pero la pelea frente a su tienda conti-
nuaba. Vio entonces que las dos figuras eran de tamaño
muy distinto.

La más pequeña luchaba fuera de sí, dando patadas
y tratando de desequilibrar con gran habilidad a su cor-
pulento oponente.

—¡Suéltela ahora mismo! —gritó bajando del caballo
y yendo hacia ellos.

La figura mayor levantaba en ese momento un látigo
en su mano. Sintió que la sangre le hervía en las venas.
Fue directo a por él y le dio un fuerte puñetazo en la mandíbula. Le costó controlarse y no hacer nada más, necesitaba vengar lo que le había hecho a Cassie.

Reconoció al agresor, era el hombre que había llevado a la joven hasta la tienda donde los líderes estaban
celebrando un banquete. Era sin duda el carcelero que
había osado marcar tan brutalmente su piel.

Apenas podía controlar su ira.

Se acercó a Cassie. A pesar de la capa que la cubría
por completo, sabía que no podía ser otra. Creía que
ninguna otra persona se habría atrevido a seguir luchando desesperadamente contra un hombre más grande

y fuerte que ella. La abrazó y reconoció enseguida su cuerpo y sus curvas. Le parecía increíble que esa mujer, a la que apenas conocía, se hubiera vuelto alguien tan familiar en tan poco tiempo. Encajaba a la perfección contra su cuerpo. Era una sensación que no podía definir, algo que había despertado en su interior sensaciones nuevas.

Tenía la necesidad de protegerla y el deseo de consolarla.

—¿Estás bien? —le preguntó él.

—Sí —susurró ella con la voz ronca.

Sintió su vulnerabilidad y la abrazó con más fuerza.

Pero notó que su cuerpo se tensaba, como si se preparara para repeler nuevos ataques.

—¿Por qué saliste de la tienda?

—Era tan tarde que pensé que no ibas a regresar —le dijo Cassie.

Se sintió muy culpable al oírlo. Supuso que habría estado muy desesperada para salir de la tienda aun a sabiendas de que los guardias la vigilaban. Y lo había hecho por su culpa, creyendo que la había abandonado a manos de Mustafá.

Ya habían llegado a la tienda el resto de los jinetes para ver qué había pasado. Vio que Mustafá desmontaba e iba hacia ellos.

—Su guardia se ha pasado de la raya, Mustafá —le dijo Amir con autoridad—. Se ha atrevido a levantarle la mano a la mujer que es mía.

Cassie miró a los jinetes que los rodeaban. Recordó entonces su secuestro en una carretera desierta, cuando los atacantes habían comenzado a rodear el averiado autobús, justo antes de secuestrarla.

Sentía tanto miedo como ira. Eran los mismos hombres que la habían apresado unos días antes.

Aunque ya había imaginado que no iba a poder zafarse del guardia, le había gustado demostrar que no era tan indefensa como creían. Pero la adrenalina empezaba a desvanecerse y temía las consecuencias que iba a tener para ella el haber tratado de escapar.

Se aferró a Amir. Era la única persona que le daba algo de seguridad en ese lugar, pero temía que ni siquiera él pudiera salvarla de esa gente.

Al frente de ellos estaba ese horrible hombre, Mustafá. Un tipo duro con una mirada muy fría. Vio que miraba al guardia que seguía en el suelo, gimiendo a los pies de Amir, y después la miró a ella despectivamente.

Cassie se puso tensa, no quería dejar que ese hombre viera que podía asustarla. Amir le apretó con fuerza la mano. Después, la soltó y se colocó frente a ella.

Se quedó mirando su ancha espalda, que la protegía del resto de la gente. Ella quería saber qué estaba sucediendo y prepararse para luchar si llegaba el caso, pero Amir la sujetaba con fuerza.

Se dio cuenta entonces de que no tenía ninguna posibilidad contra esa multitud. Su única opción era confiar en Amir, nunca había tenido a nadie que la protegiera así. Hacía que se sintiera más dependiente, pero también había conseguido conmoverla con ese gesto.

Era agradable tenerlo a él para protegerla cuando su corazón latía con fuerza y su cuerpo no podía dejar de temblar.

Mustafá y Amir estuvieron un tiempo hablando en su idioma. Nadie más intervenía, todos estaban en silencio, esperando.

Finalmente, hubo una pausa en la discusión y Amir le habló en voz baja y en inglés.

–Vete. Entra directamente en la tienda y espérame allí –le pidió.

Después de tanto tiempo esperando, le costó entender sus palabras.

–¡Cassie! –insistió Amir–. Ve, ahora mismo. Pero no corras. Estás a salvo.

Respiró profundamente para calmarse, se volvió y fue hacia la tienda. Nada más entrar, se encontró con el hombre que había visto la noche anterior con Amir. En sus manos llevaba la larga cadena que el jeque le había quitado. Se encogió contra la pared al verla.

–No se preocupe, señorita Denison –le dijo en un perfecto inglés–. No tendrá que volver a ver una cadena, Su Alteza se encargará de ello –añadió con una rápida reverencia.

Se fue antes de que pudiera recuperar su voz. Le resultó casi surrealista que la llamara «señorita Denison» después de lo que acababa de pasar. Era un nombre que pertenecía a su otra vida, la que había dejado en Australia.

En esas extrañas tierras, estaba aún en peligro y dependía completamente del jeque de Tarakhar. Un hombre que la había tratado como ninguno lo había hecho, ayudándola y protegiéndola, luchando a su lado. Se había interpuesto entre ella y esa turba amenazante. Había sido un gesto que había conseguido despertar algo en su interior.

Los hombres que había conocido no habían sido precisamente modelos de virtud. Por eso había aprendido a valerse por sí misma y a desconfiar de todos. No solía dejar que ninguno se acercara lo suficiente como para ver si merecía la pena. Había dejado de creer que pudiera existir un hombre así.

Y le preocupaba descubrir cuánto deseaba que Amir pudiera ser ese hombre. Había vuelto a por ella y la había protegido. Ni siquiera le había importado que su propia vida corriera peligro. Se había ganado su gratitud y su respeto. Pero no iba a poder olvidar tan fácilmente las duras lecciones que había aprendido a muy corta edad.

Se preguntó si Amir esperaría recompensa por su protección.

–Cassie, ¿qué te pasa? ¿Estás herida?

Su voz la devolvió a la realidad. Antes de que pudiera reaccionar, Amir la tomó en sus brazos. Abrió la boca para pedirle que la dejara en el suelo, pero no lo hizo. Era muy agradable estar así, contra su firme y seguro torso.

–Estoy bien, solo estaba pensando...

Sabía que debía apartarse de él y no depender tanto de ese hombre, pero era tan reconfortante estar en sus brazos... Algo a lo que podría acostumbrarse rápidamente.

Pero Amir no tardó en dejarla en la cama y dar un paso atrás. Se preguntó si lo habría hecho porque sabía que no se sentía cómoda cuando alguien la tocaba.

–Gracias –murmuró ella.

Se dio cuenta entonces de que le dolía todo el cuerpo.

–¿Estás herida?

–No –mintió ella–. Estoy bien.

Amir levantó las cejas como si no la creyera, pero no dijo nada.

–¿Y tú? ¿Estás herido?

Él le dedicó una perezosa sonrisa que consiguió dejarla sin aliento.

–No, nunca he estado mejor.

No sabía qué pensar de su expresión. Como actriz que era, había aprendido a reconocer el lenguaje corporal y a utilizarlo cuando actuaba, pero ese hombre era un enigma.

–Gracias por venir a mi rescate –le dijo ella.

–Ya te dije que te cuidaría. ¿Por qué no me creíste?

Cuando se había despertado en esa cama, descansada y a salvo, había llegado a pensar que todo había sido un sueño, pero encontró la daga de Amir bajo la almohada y sus pertenencias habían sido una prueba más de que ese hombre había estado allí el día anterior.

–No lo sé... Llevo tanto tiempo sola que estoy acostumbrada a cuidar de mí misma.

–Bueno, has tenido una experiencia muy traumática.

Cassie asintió. No le dijo que no se refería solo al secuestro, sino también al pasado.

–Como no vi a nadie en todo el día...

–¿A nadie? –la interrumpió Amir frunciendo el ceño–. ¿No han venido criados a traerte comida y agua?

Ella negó con la cabeza y vio cómo Amir apretaba la mandíbula.

–Continúa –le pidió Amir con seriedad.

–Al principio estaba bien. Me sentía segura y cómoda, pero cuando vi que se hacía de noche...

Había llegado a pensar que Amir había decidido dejarla a su suerte.

–Pensé que a lo mejor te había pasado algo.

–Y te asustó lo que podría pasarte a ti si yo no volvía, ¿verdad? –adivinó Amir.

Asintió con la cabeza, no quería pensar en ello, pero recordó todos los golpes que le habían dado. Respiró hondo y se movió un poco para aliviar el dolor en la espalda y en el costado.

–Me cansé de esperar, tomé la daga y traté de escabullirme por la parte trasera de la tienda.

Sabía que debería haber confiado en él y quedarse donde estaba. Lo había intentado, pero pasaron las horas y cada vez le costaba más creer que volvería.

–No quiero ni pensar en lo que me habría sucedido si no me hubieras rescatado.

–Eres mi responsabilidad –repuso Amir con firmeza.

–Pero yo...

Había estado a punto de decirle que ella no era su responsabilidad y que podía cuidar de sí misma, pero se calló. Sabía que dependía completamente de ese hombre y no pudo reprimir un escalofrío.

–Tienes frío –comentó él al verla.

Se acercó a ella, pero se detuvo a tiempo para darle un poco de espacio.

–¡Tu daga! –exclamó ella de pronto al recordar que se le había caído durante la pelea.

–Ya la buscaremos después –la tranquilizó Amir.

–¡No!

Había pasado algún tiempo mirando la daga ese día. Le había sorprendido descubrir que parecía una valiosa y antigua reliquia. La vaina tenía incrustaciones de rubíes y había una inscripción grabada en la afilada hoja.

Se puso deprisa en pie para ir a buscarla, pero se detuvo bruscamente al sentir un fuerte dolor. Inmediatamente, se llevó una mano a la espalda.

–¿Cassie? ¿Qué te pasa?

–Nada, solo tengo unas pequeñas molestias...

–¿Siempre eres así de terca?

–Sí, siempre –repuso ella.

Fue al lugar por donde había salido de la tienda y comenzó a buscar la daga por el suelo. Sabía que Amir la observaba, podía sentirlo. Miró entre las gruesas alfombras sin mucha suerte.

–Ahí está –le dijo Amir mientras sacaba la reluciente daga de debajo de una alfombra.

Se había agachado a su lado y Cassie se quedó inmóvil. Se le había acelerado el pulso.

Él se levantó y le ofreció la mano. Estuvo a punto de rechazarla, pero decidió dejar que la ayudara.

–Gracias –le dijo ella.

Esa mano fuerte y callosa le parecía mucho más real que las de los hombres que conocía en Melbourne. Era la mano de un hombre trabajador y fuerte.

–No me lo habría perdonado si la hubiera extraviado. Debe de valer una fortuna –le dijo ella.

–Mucho más que una fortuna. Ha estado en mi familia durante siglos.

–Entonces, ¿por qué me la diste?

–La necesitabas más que yo.

Lo dijo como si fuera lo más normal del mundo. Pero a ella le parecía una locura que le hubiera dejado una reliquia tan valiosa a una completa desconocida como ella.

–Toma –le dijo Amir mientras le daba la daga–. Quédatela hasta que estés libre.

Por un instante, se le pasó por la cabeza no aceptarla y decirle que con él se sentía completamente a salvo. Pero recordó a los guardias que rodeaban la tienda y la malicia en los ojos de Mustafá. Tomó agradecida el arma y apretó con fuerza su empuñadura.

Se concentró en su peso, en la protección que representaba y trató de ignorar cómo se había estremecido su cuerpo cuando su mano había rozado la de Amir.

Capítulo 5

AMIR estaba leyendo un informe sobre un nuevo gasoducto cuando sintió que entraba Cassie. Sus pies descalzos no hacían ruido sobre la alfombra, pero sintió que estaba allí.

Se esforzó por concentrarse en lo que estaba haciendo y seguir leyendo. Sabía que ese oleoducto era mucho más importante para él y para Tarakhar que la mujer que acababa de salir del baño.

Sin embargo, las palabras se mezclaban frente a sus ojos y no conseguía entender lo que leía. Al final, se dio por vencido y apartó los papeles. Levantó la vista y se quedó sin aliento.

Cassie estaba de pie frente a él y lo miraba como si lo estuviera desafiando a comentar algo sobre su atuendo. En otras circunstancias, le habría advertido que esa actitud no conseguiría sofocar su interés, sino todo lo contrario.

Ya se había deshecho de su traje de bailarina. Llevaba una camisa blanca y sin cuello que le había prestado él mismo. Se dio cuenta de que había sido un error hacerlo. No podría haberse imaginado lo sexy que iba a estar con esa camisa.

La tela de algodón la cubría casi hasta las rodillas. Se había enrollado las mangas. La camisa le quedaba grande, pero el cuello no podía ocultar su escote.

El algodón se adhería a sus firmes pechos y, mientras la miraba, notó cómo se pronunciaban aún más sus pezones contra la tela.

Tragó saliva. Tenía la boca seca. Bajó la mirada y se fijó en sus piernas bien torneadas y en sus delicados pies.

El traje de bailarina había sido muy sexy, pero lo que llevaba en ese momento era mucho más erótico. Quizás porque sabía que debajo de su camisa estaba desnuda.

Apartó rápidamente la mirada.

–Tengo algo para ti –le dijo él con la voz algo ronca.

–¿Un par de zapatos?

–No, me temo que no he podido encontrar un par lo suficientemente pequeño para ti.

Además, le gustaba verla descalza en su dormitorio.

–Aunque podría encontrar una camisa más pequeña si quieres.

–No, gracias. Esta está bien.

Había pensando que una camisa de Faruq le quedaría mejor, pero le agradó ver que no la quería. No sabía por qué, pero no le gustaba la idea de que llevara la ropa de otro hombre.

Sabía que era una locura mostrarse tan posesivo con ella, pero no podía evitarlo.

Cassie Denison estaba despertando sus instintos más primarios. Había tenido amantes desde su adolescencia, mujeres hermosas que le habían dado todo lo que había deseado, pero no había sido tan posesivo con ninguna de ellas.

–¿Qué es lo que tienes para mí? –le preguntó ella.

–Linimento –repuso mientras la miraba y trataba de mantener los ojos solo en su cara.

–¿Linimento? –repitió Cassie.

–Sí, tienes dolores y esto ayudará. Me lo ha dado uno de mis ayudantes.

–¿Y qué tengo que hacer? ¿Masajearme la zona que me duele con ese ungüento?

Amir asintió lentamente. Hasta ese instante, no fue consciente de que su plan tenía un fallo.

–Puede que necesites ayuda –le dijo él.

–No, seguro que me las arreglaré yo sola –repuso Cassie apresuradamente mientras aceptaba el tarro de linimento.

–¿Dónde te duele?

–En la cadera, puedo hacerlo yo sola.

–¿Y tu espalda?

Había llevado poco personal en ese viaje y no se le ocurrió nadie que pudiera darle un masaje. No iba a sugerirle que lo hiciera otro hombre. Sabía que tenía que haber más mujeres en el campamento, pero no quería dejar a Cassie al cuidado de los seguidores de Mustafá.

Se dio cuenta de que no tenía elección.

–Métete en la cama boca abajo. Yo lo haré.

–Ya te he dicho que no hace falta...

–No pongas a prueba mi paciencia, Cassie –la interrumpió él–. Te sentirás peor sin tratamiento. Esto te ayudará a dormir. Es solo linimento, nada más.

Ella respiró lentamente y apartó la mirada. Sabía que estaba pensando lo mismo que él.

Sin decir nada, Cassie se metió en la cama.

Vio de reojo sus piernas desnudas y sintió una oleada de calor por todo el cuerpo.

Esperó unos minutos y fue hacia la cama. No entendía cómo se había convertido en una auténtica tortura la tarea de darle un masaje a una mujer tan hermosa como ella.

Pero se había hecho responsable de su seguridad y eso lo cambiaba todo. Sus conciudadanos pensaban que, si se salvaba la vida de alguien, esa persona le pertenecía para siempre. Se distrajo pensando en que pudiera ser verdad, en poder hacerla suya y tenerla disponible para satisfacer sus necesidades. Pero no era tan simple.

–Levántate la camisa –le pidió él.

Cassie se retorció bajo las sábanas y despejó una estrecha franja de piel en la parte baja de su espalda. Amir se sentó al borde de la cama y abrió el tarro con el linimento.

Pensó en los masajes que había recibido, cómo habían colocado las manos sobre su cuerpo y cómo habían presionado los músculos. Pero todos los masajes que había recibido él formaban parte de un juego con una finalidad más sensual que terapéutica.

Cassie se mordió el labio inferior mientras esperaba a que Amir la tocara. Pensó que quizás fuera una locura confiar en él de esa manera.

No se le olvidaba que había sido su protector y su salvador, pero nunca se había puesto voluntariamente en una posición de debilidad como aquella ante ningún otro hombre.

Recordó la mano de Curtis Bevan bajo la camisa de su uniforme del colegio, solo unos minutos después de que dejara a su madre, y se le hizo un nudo en el estómago. No se le había olvidado tampoco la proposición que había recibido de un director que le había ofrecido una audición privada. Tampoco podía quitarse de la cabeza la lascivia con la que la habían mirado los hombres de Mustafá cuando la presentaron medio desnuda en la tienda de banquetes.

Por mucho que le dolieran los golpes, no podía pasar por eso.

—He cambiado de idea. No... —comenzó mientras trataba de taparse.

—Relájate —murmuró Amir.

Pero fue su mano en la cintura la que consiguió que se quedara inmóvil. Le dio la impresión de que él también estaba un poco nervioso y que no sabía cómo tocarla. Comenzó a masajear su espalda de lado a lado con el ungüento.

Estaba muy tensa. Amir tenía uno de los muslos contra su cadera. Solo los separaba la colcha.

–Deja de tensar los músculos o te dolerá más.

–No sé cómo hacerlo –repuso ella.

–Trata al menos de despejar tu cabeza. Piensa en algo agradable.

Desesperada, trató de relajarse y recordar cómo se había sentido tras los aplausos durante una de sus últimas actuaciones en directo.

Amir empezó a usar las dos manos para acariciar su espalda. Los pulgares presionaban sus músculos y movía las palmas en un movimiento rítmico que le hizo pensar de pronto en el chocolate, en deliciosas y suaves trufas de chocolate que se derretían en su lengua. Pensó en chocolate líquido y oscuro, en su aroma y en su maravilloso sabor.

Notó que disminuía la presión donde más le dolía. Insistió allí y no pudo ahogar un gemido.

–¿Te he hecho daño? –le preguntó Amir al instante.

–No, no... Me gusta, me viene bien –mintió Cassie.

Lo cierto era que su masaje estaba siendo fantástico. Tanto que, cuando sintió de nuevo sus manos en la piel, no pudo ignorar la deliciosa sensación que sentía en su vientre ni cómo su cuerpo ansiaba arquearse contra sus manos y ronronear de placer.

–¿Qué parte de la cadera te duele?

Le dio la impresión de que Amir se esforzaba por fingir indiferencia, pero parecía muy tenso.

–El lado derecho –contestó ella.

Amir bajó un poco la sábana, con cuidado de no descubrir sus nalgas. Notó que resoplaba.

–¿Qué pasa? –le preguntó ella.

–Vas a estar dolorida durante bastante tiempo, tienes un buen moretón aquí.

No masajeó esa zona, se limitó a acariciarla suavemente mientras aplicaba el ungüento.

—¿Algún sitio más?

Dudó un momento, pero acabó cediendo. Se había dado cuenta de que Amir no tenía segundas intenciones, solo trataba de ayudarla.

—Si no te importa, ¿podrías ponerme un poco de linimento en la parte alta de la espalda?

Sin decir nada, Amir levantó la camisa hasta descubrir por completo su espalda. Instintivamente, Cassie apretó los pechos contra la cama para no enseñar más de lo necesario.

Amir comenzó a masajearla y liberar poco a poco la tensión que había acumulado durante esos últimos días. Sentía un poco de dolor, pero era muy placentero.

—Eres muy bueno con las manos.

—Gracias —repuso él con algo de frialdad.

Supuso que ya se había cansado de ser su masajista.

—Ya puedes dejarlo —le dijo ella mientras arqueaba hacia él su espalda.

Era como si su boca dijera una cosa y su cuerpo la contradijera.

—En un minuto —repuso Amir mientras bajaba por su espalda hasta llegar a la cadena que rodeaba su cintura.

Sintió algo muy extraño en su interior, una sensación de nerviosismo que le hizo sentirse incómoda de repente y agitó las caderas y las piernas sin encontrar una postura cómoda.

—¿Por qué se llevó ese hombre la cadena que me quitaste anoche? —le preguntó para distraerse.

—¿Quién? ¿Faruq? Es mi ayudante y vino a buscar la cadena para el guardia que te atacó.

—¿Por qué? ¿Qué le han hecho?

—De momento, nada. Aunque parece que todavía está bastante dolorido.

Le pareció que había satisfacción en la voz de Amir.

—Y cuando se recupere, ¿qué va a pasar con él?

–Vendrá con nosotros. Mustafá me lo ha entregado para que lo castigue.

–Supongo que no le habrá gustado tener que hacerlo.

–No me preocupa lo que Mustafá quiera o no quiera hacer. Ese hombre atacó a mi mujer y tiene que pagar por ello.

Esa vez, no le molestó tanto que se refiriera a ella en esos términos. A lo mejor porque con ese masaje había conseguido que se sintiera en el séptimo cielo.

–Pero ¿qué va a pasar con él? ¿Será golpeado o torturado?

–No, nada tan sencillo ni tan rápido –repuso Amir con frialdad–. Hay un enorme proyecto de construcción a las afueras de la capital de Tarakhar. Son edificios inteligentes, pero siempre hay necesidad para trabajos manuales que se llevan a cabo bajo una estricta supervisión. Ese tipo tendrá que levantarse antes del amanecer y se dedicará a excavar, transportar y cortar las piedras. Aprenderá así que la violencia contra la mujer no puede tolerarse.

Cassie giró la cabeza para mirarlo. Le brillaban los ojos con una fuerza que no había visto antes. Supuso que estaba así por culpa de ese guardia.

Pero se fijó entonces en la intensidad de su mirada, en la sensualidad de sus labios separados... Se quedó sin aliento al darse cuenta de que no estaba concentrado en el guardia, sino en ella.

–Te estás tomando muchas molestias para castigarlo –le dijo algo nerviosa.

–Te hizo daño a propósito, no se limitó a impedir que escaparas –repuso Amir.

Le frotaba en ese momento la cintura, justo debajo de esa cadena que simbolizaba con tanta claridad lo que hacía allí. Todo el mundo en ese campamento creía que estaba en esa tienda para satisfacer los deseos de Amir.

No pudo evitarlo, lo miró de nuevo.

Había algo en sus ojos que la dejó sin aliento. Sintió cómo se contraían sus pezones y todas las sensaciones de su cuerpo se centraban en el centro de su feminidad.

–¿Qué va a construir? –le preguntó cuando pudo recuperarse un poco.

–Un hospital para mujeres y niños –repuso Amir con una sonrisa que disipó la tensión que había ido acumulándose entre ellos–. Muy adecuado, ¿no te parece?

Cassie creía que no tenía motivos para sentirse tan relajada y contenta. Su cerebro le recordaba que estaba rodeada de peligros y que ese hombre era uno de ellos.

Pero no le estaba sirviendo de nada. Las manos de Amir, sus palabras de consuelo y su presencia hacían que se sintiera segura.

Lo siguió con la mirada y se dijo que lo hacía por curiosidad. No podía dejar de mirar su torso, cómo cambiaban de forma sus músculos con cada movimiento o las formas que se adivinaban bajo sus amplios pantalones de algodón.

Creía que era normal que estuviera interesada, pero era la primera vez que le pasaba.

Había algo en Amir que parecía haber conseguido despertar su lado femenino. Conseguía que su pulso se acelerara cada vez que lo miraba.

–¿Quieres que vuelva a dejar encendida la lámpara? –le preguntó Amir entonces–. ¿Te sientes más segura así?

Había creído ver en sus ojos algo más, pero se dio cuenta de que se había equivocado. Solo estaba preocupado por ella, no había nada más y no sabía por qué se sentía tan decepcionada.

–No, puedes apagarla –le dijo.

Ni siquiera había sido consciente de que hubiera dejado una luz encendida la noche anterior. Le emocionó que fuera tan considerado.

–Muy bien, si estás segura... –murmuró Amir mientras la apagaba.

Le costó acostumbrarse a la oscuridad. Oyó que Amir dejaba algo en la mesita de noche y cómo levantaba la colcha para acostarse.

El corazón volvió a latirle con fuerza. Le parecía increíble estar en esa situación, compartiendo la cama con un desconocido tan viril y poderoso. Deslizó la mano bajo la almohada hasta que tocó la empuñadura de la daga.

Pero no consiguió tranquilizarse. Sabía que no iba a necesitar un arma para protegerse de Amir. Lo que le preocupaba era la atracción que sentía por él. Una parte de ella quería alejarse tanto como pudiera, aunque tuviera que dormir en el suelo. Por otra parte, deseaba acurrucarse contra Amir y dejar que él la abrazara y protegiera.

–¿Estás seguro de que esto es necesario? Hoy no ha venido ningún criado. Nadie sabrá si pasamos la noche juntos o no –le dijo ella–. Podría dormir en...

–No –repuso Amir–. De ahora en adelante, te servirán como a una invitada de honor. Se lo he dejado muy claro a Mustafá. Además, así estás más cómoda. Después de tu terrible experiencia, necesitas descansar.

Se quedaron en silencio y ella trató de calmar su respiración y relajarse. Pero, aunque estaban a oscuras, no podía quitarse a ese hombre de la cabeza.

–¿Cassandra? –la llamó Amir de repente.

–¿Sí?

–Castigaré a ese hombre por golpearte. Si hay algo más que te ha hecho y debería tener en cuenta, tienes que decírmelo.

Se sonrojó al entender sus palabras.

–No, no me han hecho nada más –le dijo con voz algo temblorosa.

–No tienes que avergonzarte –insistió Amir con gran ternura–. Si te forzaron a...

–¡No! –replicó rápidamente–. No, no lo hicieron.

Estaba algo avergonzada, pero necesitaba hablar de ello. Además, esa oscuridad le facilitaba la tarea de confesarle sus temores.

–Estaba segura de que iban a violarme –le contó–. Iban pasando las horas y cada vez tenía más miedo. Cada vez que el guardia entraba en la tienda, cuando me miraba de esa forma... Y cuando me llevaron a esa gran carpa anoche, pensé que...

–Lo entiendo perfectamente –la interrumpió Amir.

Le oyó murmurar algo en su idioma y esa vez no tembló al ver su ira. Le tranquilizó ver que le preocupaba tanto su bienestar.

–Fuiste muy valiente anoche, Cassandra. Otras mujeres habrían estado demasiado aterrorizadas para defenderse y nunca se habrían atrevido a atacar.

–Cassie –le dijo ella para recordarle cómo prefería que la llamara.

–Cassie –repitió Amir.

Le encantaba cómo pronunciaba su nombre.

–Siento haberte hecho daño –le dijo ella.

Se dio cuenta de no se había disculpado y su ataque podría haber sido letal.

–Si hubiera llegado a clavarte el cuchillo con más fuerza...

No quería ni pensar en lo que podía haber ocurrido.

–Pero no lo hiciste.

–¿Te duele?

–No, hasta se me había olvidado que tenía una herida –le aseguró Amir–. Pero recuérdame que no te lleve nunca la contraria cuando estemos compartiendo un plato de fruta.

Se echó a reír al oírlo y se sintió más relajada.

–Gracias, Amir.

Capítulo 6

CASSIE disfrutó del aire fresco de la montaña y del aroma de la vegetación. Después de pasar tanto tiempo encerrada en una tienda, era maravilloso estar al aire libre. Aunque sabía que esa libertad era solo una ilusión.

Echó un vistazo a las rocas que tenía a su izquierda. Supuso que allí estarían ocultos los guardias que protegían al jeque y la vigilaban a ella para asegurarse de que no escapara.

–¿Te gusta la vista? –le preguntó Amir.

Su voz siempre conseguía estremecerla. Era un sonido muy masculino y sexy. Se volvió para mirarlo y vio que, como en otras ocasiones, mantenía las distancias. Creía que era su manera de decirle que, aunque se vieran forzados a estar en la misma tienda, no tenía ningún interés en ella.

–Es magnífica –repuso ella–. Gracias por traerme.

–Supuse que tu confinamiento estaría siendo difícil de soportar –le dijo mientras la miraba a los ojos–. Me encantaría poder hacer más.

Había descubierto que Amir era un hombre de acción, que estaba acostumbrado a resolver problemas y que, sin duda, se saldría casi siempre con la suya. Supuso que le estaría costando no poder sacarla aún del campamento y tener que esperar.

–Lo entiendo. Cuando estás cuidando de mí, no estás ocupado en las negociaciones. Y, cuanto más se retrasen estas, más tiempo tendremos que pasar aquí.

Amir levantó ligeramente las cejas, como si le hubieran sorprendido sus palabras.

–Te agradezco que te hayas tomado las molestias de organizar esta salida.

Tanto los guardias de Mustafá como los hombres de Amir estaban de servicio para acompañarlos durante esa breve excursión.

–Pero entiendo lo que tienes que hacer y estoy deseando que termines cuanto antes tu trabajo en el campamento.

A pesar de contar con la protección de Amir, sabía que no estaría realmente segura hasta que estuviera en Tarakhar. Se fijó de nuevo en la magnífica vista que se extendía frente a ellos.

–Entonces, ¿dónde está la frontera?

–A los pies de esta cordillera –repuso Amir mientras señalaba la zona–. Todo eso es Tarakhar.

–Parece una región próspera –comentó ella mientras recordaba el viaje en autobús que había hecho por esas tierras–. Me lo había imaginado mucho más árido.

–Más al sur se encuentra el Gran Desierto Interior, uno de los entornos más difíciles del mundo, pero donde aún viven pueblos nómadas.

Amir describió su país, le habló de los fértiles valles, de los desiertos y de las montañas escarpadas. Hablaba con gran entusiasmo. A ella le gustaba Melbourne, su bullicio y su intensa vida cultural, pero nunca había experimentado ese amor que Amir sentía por su tierra.

–¿Qué es eso que cruzan la llanura? No son carreteras, ¿verdad? –preguntó ella.

–Son canales de riego. Ese es el secreto de prosperidad de la región. El agua de las montañas se canaliza a través de esos tubos, algunos de ellos subterráneos. Es un sistema que lleva cientos de años implantado en la zona.

Amir señaló las cómodas sillas plegables que su personal había dispuesto para ellos. A su lado tenían una mesa llena de comida.

Al ver los manjares que había en la mesa, Amir se dio cuenta de que Faruq se había superado.

Cassie parecía estar disfrutando mucho con la gastronomía local y eso le gustaba. Le atraía sobre todo verla comer y cómo saboreaba con gusto cada bocado.

Ella levantó la vista y vio que la observaba. Sus mejillas se sonrojaron. Tenía cada vez más claro que Cassie no tenía ningún interés por él.

–No me esperaba que fuera a ser tan hermosa –comentó ella mirando de nuevo la vista.

–Entonces, ¿de verdad te gusta?

Le agradaba que su mala experiencia no hubiera influido en la percepción que tenía de ese sitio. A pesar de lo que le había pasado, era una mujer fuerte, positiva y llena de vida.

–También me gustó lo poco que vi desde el autobús. Y la gente es muy amable.

–La hospitalidad es algo casi innato en mi país.

Cassie miró el festín que les habían preparado y se rio. Le gustaba verla así, pero no sabía muy bien cómo tratarla. Quería que se sintiera cómoda y superara el trauma de su secuestro. Pero creía que acercarse más a ella podía ser peligroso. Y no quería molestarla. Por eso estaba tratando de mantener siempre las distancias.

De mala gana, decidió hablar de asuntos más aburridos y no tan personales. Era mucho más seguro para los dos. Aunque iba a echar de menos el sonido de su risa.

–Deja que te hable un poco más de esos canales...

Amir seguía tumbado en la cama y con los ojos abiertos cuando amaneció. Acababa de pasar otra noche más sin dormir.

Se movió un poco y se estremeció al sentir el roce del algodón contra su piel caliente. No le gustaba tener que usar esos pantalones, pero era primordial que Cassie se sintiera segura y cómoda a su lado.

Además, no era la tirantez de esa tela contra su excitado miembro lo que tanto le torturaba. La culpable de todo era la propia Cassie.

Cada vez le afectaba más tenerla tan cerca, escuchar el sonido de su risa o unas palabras susurradas en medio de la oscuridad de la noche. Todo lo que decía y hacía acrecentaba la imagen que tenía de ella, era una mujer admirable y la respetaba profundamente.

Pero no por ello dejaba de imaginar su piel, sus curvas y recovecos. Sus manos no habían olvidado la suavidad de su cuerpo mientras la masajeaba un par de días antes.

Durante la noche, Cassie había abandonado sin darse cuenta su lado de la cama y había buscado su calor. Se había dormido con sus turgentes pechos pegados a la espalda de él y podía sentir el calor de sus muslos abrasando sus nalgas. Tenía las piernas alineadas detrás de las de Amir y una mano relajada sobre su abdomen.

Sentía el impulso de flexionar hacia delante la cadera y dejar que esa delicada mano tocara la parte de su cuerpo que tanto la deseaba.

No entendía cómo su curiosidad se había convertido en fascinación y la fascinación en deseo en solo unos días.

Respiró profundamente y trató de concentrarse en otra cosa. Pero Cassie eligió ese momento para suspirar y pegarse más a él. Sentía su cálido aliento en la espalda y sus labios contra la piel.

Esos labios lo perseguían de día y de noche. No había nada inocente en ellos. Incluso sin maquillaje, tenía los labios más sexys que había visto en su vida. El deseo lo atormentaba, no sabía cuántas noches más iba a tener que seguir soportando esa tortura.

Trató de racionalizar su reacción y recordar que llevaba meses sin compartir su lecho con una mujer. Deseaba más que nada darse la vuelta, colocarse sobre ella y dar rienda suelta al hambre que lo dominaba.

Pero sabía que no iba a hacerlo, no podía. Esa mujer había sufrido una experiencia muy traumática y estaba bajo su protección. Cassie confiaba en él. Eso era lo que le daba las fuerzas necesarias para resistir la tentación.

Le parecía paradójico que ni el hecho de que pronto fueran a celebrarse sus nupcias consiguiera sofocar su necesidad.

Capítulo 7

AMIR se detuvo de golpe en el umbral de la habitación principal de la tienda.

Había pasado el día muy ocupado, tratando de no pensar en Cassie. Las negociaciones estaban siendo complicadas y su oponente era un hombre astuto.

A pesar de todo, no había dejado de tener muy presente a lo largo del día el hecho de que, cuando terminaran las reuniones, podría volver a la tienda y ella lo estaría esperando.

Se había portado de modo impecable durante todos esos días. A pesar de que el deseo lo seguía torturando. Y la falta de sueño, en vez de cansarlo, estaba consiguiendo que su cerebro se obsesionara aún más con Cassie.

Lo que tenía en esos momentos frene a él era lo último que necesitaba.

Estaba en el centro de la habitación y se había vuelto a poner el traje de bailarina. Se estaba estirando y retorciendo como si fuera una especie de demostración de su fuerza elástica. Pero, al verla así, solo pudo pensar en otra forma de ejercicio completamente distinta.

Trató de carraspear para que viera que estaba allí, pero se distrajo viendo cómo se enderezaba, abría las piernas y se inclinaba hacia un lado con las manos en un pie y la frente en la rodilla.

El deseo lo dominó por completo. Quería tener esas piernas alrededor de su cuerpo, necesitaba tenerla entre sus brazos y...

–¡Amir! –exclamó con una gran sonrisa que iluminó su rostro.

Pero no tardó en apartar su mirada. Era algo que le intrigaba. Era una mujer fuerte y enérgica que había peleado con todas sus fuerzas por salir de allí. No entendía lo que le había pasado durante esos últimos días, pero parecía estar evitando mirarlo a la cara.

Era como si, a pesar de su valor y su independencia, fuera una mujer insegura.

Entró y fue hacia ella.

Cassie se puso en pie al verlo entrar. Sabía que esa ropa revelaba demasiada piel.

Y le daba además la impresión de que algo andaba mal. Amir apretaba con fuerza la mandíbula y sus ojos brillaban más que de costumbre.

–¿Qué ha pasado? –le preguntó ella.

–Nada. Más conversaciones, ofertas y contraofertas. Cortesías y rituales –le explicó Amir–. Es bastante tedioso, pero necesario.

Cassie frunció el ceño. Era consciente de la responsabilidad que tenía Amir, pero lo hacía con tal facilidad y elegancia que a veces se le olvidaba que era el gobernante de un reino rico y el máximo responsable del bienestar de millones de personas.

Y, con ella en la tienda, sabía que ni siquiera podía disfrutar de un poco de intimidad después de un largo día de trabajo.

Tomó su capa, pensando por primera vez en lo incómodo que debía de ser para él tenerla allí. Le agradecía mucho su protección y, había estado tan ensimismada con sus miedos, que no se había parado a considerar lo difícil que sería para Amir esa situación.

Pasaba las horas tratando de luchar contra su aburrimiento y la ansiedad que le producía saber que la tienda estaba rodeada por guardias armados. Pero también pasaba mucho tiempo pensando en Amir.

–¿Eres bailarina? –le preguntó Amir de repente.

Durante esos últimos días, él había evitado hacerle preguntas personales y ella tampoco lo hacía. Era una especie de acuerdo tácito. Como si así fuera más fácil mantener las distancias. Cassie estaba segura de que por eso pasaba Amir tan poco tiempo en su tienda.

Aun así, Amir era todo en lo que pensaba de día y también de noche. Su corazón se aceleraba cuando lo veía.

–No, no soy bailarina –repuso ella mientras se cubría con la capa.

Le faltaba coordinación para ello y tenía demasiadas curvas, pero decidió que era mejor no comentárselo. Ya se sentía bastante incómoda al saber que había vuelto a verla medio desnuda.

–Me pareció que estabas haciendo ejercicios de danza –le dijo Amir acercándose un poco más. Lo miró a los ojos y sintió la misma reacción incómoda que tenía cuando se miraban.

–Estudié baile hace unos años, pero lo que estaba haciendo era una mezcla de Pilates y yoga. Tengo que hacer algo para mantenerme ocupada.

Amir no tenía ningún libro en inglés con el que pudiera entretenerse. Pasaba sola cada día y se le estaba haciendo eterna la espera. Había escrito largas cartas a sus amigas con el papel que Amir le había proporcionado, pero ya las había terminado. Estaba tan desesperada que ese día se había entretenido contando los flecos de un tapiz.

Se estaba volviendo loca y creía que por eso pensaba tanto en él.

Amir se quedó callado, como si estuviera esperando a que le dijera algo más.

–Soy actriz –le espetó ella de repente para llenar el

silencio–. Tengo que mantenerme en forma, actuar es más duro de lo que parece.

–¿Actriz? –repitió Amir con sorpresa–. ¿Qué piensan tus padres de eso?

–Bueno, es un trabajo respetable –le dijo ella sin poder creer que hubiera reaccionado preguntándole algo así–. Además, no tengo padres. Mi madre murió el año pasado.

–Lo siento –le dijo Amir con el ceño fruncido–. ¿A tu padre lo perdiste siendo muy joven?

Estuvo a punto de mentirle para no seguir hablando del tema, pero lo miró a los ojos y vio que parecía preocupado. Siempre había tratado de mantener en privado su vida personal, pero los ojos de ese hombre parecían tener la facultad de hacerle hablar.

–Mi padre... –comenzó ella–. No tenemos relación.

Era una forma amable de decirlo. Lo cierto era que él nunca había querido saber nada de ella.

–Pero tiene la obligación de cuidar de ti y protegerte.

Sus palabras la afectaron más de lo que habría querido. Apartó la mirada y se acomodó en un cojín junto a la mesa baja.

–¿Cassie?

Levantó la vista y lo encontró frunciendo el ceño.

–Todo está bien, de verdad. Son cosas que ya están superadas.

Amir se sentó junto a ella. Su rodilla le rozó accidentalmente el muslo y se estremeció.

–Cuéntamelo.

–Lo único que le ha preocupado a mi padre ha sido poder pagarme un internado para no tener que vivir conmigo.

–A lo mejor lo que le preocupaba era que tuvieras una buena educación.

–No, nunca me quiso. Yo era un inconveniente. Era más fácil para él que no estuviera allí.

Amir se quedó en silencio y tomó un albaricoque del

frutero. Se quedó absorta mirando sus dientes blancos y sus labios. Se preguntó si serían tan suaves como imaginaba.

—Los hombres no suelen mostrar afecto —le dijo Amir.

Ella se echó a reír y lo miró a los ojos. Eran muy oscuros, pero le pareció que la miraban con compasión. Ese hombre había conseguido minar poco a poco sus defensas y eso hacía que se sintiera vulnerable.

No le gustaba sentirse así, sabía que tenía que ser fuerte para sobrevivir. Se mantenía siempre ocupada, buscando nuevos desafíos y proyectos para no pensar en el vacío que sentía en su interior. Por eso había decidido ser voluntaria durante unos meses en esa región.

—Gracias por preocuparte, pero todo eso forma parte del pasado.

Amir siguió mirándola fijamente, vio que no daba su brazo a torcer.

—Mis padres no llegaron a casarse. Él ya tenía una familia y prefería que nadie supiera que yo existía —le confesó al fin.

—Entiendo...

No lo creía posible, pero no quería decirle que su madre había sido durante años la amante de su padre sin que él llegara nunca a dejar a su esposa ni a su familia legítima. Ella había sido un estorbo, un accidente que no debería haber ocurrido.

—Así que no hay nadie a quien le inquiete mi trabajo. Tomo mis propias decisiones —le dijo.

—¿Y a quién tienes allí ahora, preocupándose por dónde estarás? —le preguntó Amir.

—En la escuela donde voy a trabajar de voluntaria no me esperan hasta dentro de una semana. Pero la propietaria del piso donde vivo en Melbourne espera una postal desde Tarakhar y mis amigas estarán deseando que les cuente cómo me ha ido cuando regrese. Y tendré mucho que decirles...

–Entonces, ¿no hay nadie especial?

–No –reconoció ella tragando saliva.

Había estado sola toda su vida. No entendía por qué, de repente, se sentía tan mal.

–¿Y tú? ¿Te espera alguien en casa? ¿Alguien especial? –le preguntó ella.

No le habría extrañado descubrir que tenía una novia o incluso una esposa. Lo que le sorprendió era que no se le hubiera ocurrido antes. Se le encogió el estómago al pensar que pudiera haber compartido cama con un hombre casado. Sobre todo cuando soñaba con que él la tocara como nadie lo había hecho nunca. No le gustaba imaginarlo con otra mujer y le preocupó sentirse así.

–No, no hay nadie especial –repuso él con seriedad.

Se quedaron en silencio. Había algo entre ellos que no podría haber definido, pero que era muy fuerte. El corazón le latía con fuerza y era muy consciente de su masculino aroma.

Estaba nerviosa y decidió cambiar de tema, pero se adelantó Amir.

–¿Te gusta actuar? –le preguntó él.

Ella se calmó al instante.

–Me encanta. Ha sido casi siempre un refugio y una escapatoria para mí.

–Pero ¿no siempre?

–Bueno, tiene sus ventajas y desventajas, pero me gusta. Tengo que trabajar de camarera para llegar a fin de mes. Tardé años en ahorrar lo suficiente para venir hasta aquí.

–¿Tan importante era ese trabajo de voluntaria?

–Es algo que siempre he querido hacer –le contestó ella.

No estaba preparada para explicarle por qué era tan importante.

Aunque amaba su profesión, sentía que tenía que ha-

cer algo más con su vida. Siempre había estado ella
sola. Su madre le había echado en cara que por su culpa
había acabado su historia de amor con el hombre de su
vida, el padre de Cassie.

Y ella había aprendido a ser autónoma e independiente. No confiaba en nadie para que nadie pudiera
volver a hacerle daño. Había disfrutado actuando, pero
anhelaba tener algo más sólido. Quería tener estabilidad
y un propósito en la vida, quería contribuir de algún
modo a la comunidad. Creía que esos meses en Tarakhar le ayudarían a decidir si quería hacer cambios más
permanentes en su vida.

Tomó un albaricoque del frutero y rozó sin querer a
Amir, le sorprendió ver cómo él se echaba hacia atrás,
como si el contacto le quemara. Le sorprendieron su
reacción y lo tenso que estaba. Recordó entonces que
era un miembro de la realeza y que no estaría acostumbrado a tener que compartir sus aposentos con una invitada que no había elegido.

Amir no dijo nada, se quedó en silencio. Incómoda,
decidió levantarse.

–¡No! ¡No te levantes! –le ordenó Amir.

Levantó la mano para detenerla, pero no llegó a tocarla, como si el contacto le repugnara. Le sorprendió
verlo así cuando él mismo se había ofrecido a aplicarle
pomada sobre su piel magullada. Estaba muy serio, no parecía estar de humor para charlar con ella como otros días.

Sin sintió de repente muy mal, con un fuerte com-
plejo de inferioridad y le dolió que Amir fuera el culpable de que se sintiera así, un hombre en el que había
empezado a confiar.

Habían sido infinidad las personas que se habían alejado de ella después de que ellas les contara la verdad
sobre sus padres. Había tenido una vida lleva de dolor
y no había esperado que él la tratara con el mismo desprecio.

–Si me disculpas, se me da bien adivinar cuando alguien no desea mi compañía –le dijo mientras se levantaba.

Pero Amir sujetó su muñeca y tiró de ella con tanta fuerza que volvió a caer en los cojines. Él no la soltó. Sus largos dedos rodeaban la muñeca con firmeza y no pudo evitar estremecerse.

Lo miró sin entender nada. Estaba furiosa y dolida, pero también sentía algo de curiosidad.

–Te equivocas.

Estaba tan absorta estudiando su apuesto rostro, que no entendió las palabras.

–¿Cómo?

–Te equivocas. Sí te deseo.

Las palabras quedaron flotando entre los dos y le dio la impresión de que ambos contenían el aliento. Trató de interpretar lo que le había dicho, esa mirada...

–No tienes que decir eso para no herir mis sentimientos –le dijo ella con indignación.

–No lo hago, Cassie. Yo solo digo lo que quiero decir.

Amir deslizó los dedos que sujetaban su muñeca hasta su mano y la sostuvo sin soltarla.

–Eres bienvenida en mi tienda, más que bienvenida.

–Eres muy amable, pero...

–No tiene nada que ver con amabilidad –le dijo Amir–. No soy un hombre amable, pero soy sincero. Créeme cuando te digo que te deseo.

Casi sintió que le faltaba el aire cuando por fin entendió el significado de su mirada y de sus palabras. No le estaba diciendo que deseaba su compañía, sino que la deseaba a ella...

Llevaba toda su vida ignorando el deseo y esos instintos, desde que entendiera que su madre sobrevivía complaciendo las necesidades sexuales del padre de Cassie y después, cuando él la dejó, las de una serie de hombres adinerados que tenían muy poco respeto por ella.

Sin embargo, al leer el deseo en los ojos de Amir, no sintió el rechazo de siempre, sino un estremecimiento de emoción.

Unos días antes, había empuñado un cuchillo para librarse de él, pero todo había cambiado.

Por primera vez en su vida, Cassie también deseaba a alguien, a un hombre al que apenas conocía, pero que había cuidado de ella con más ternura de la que había tenido nunca.

—No pongas esa cara de asombro, ¿tanto te sorprende? Eres una mujer hermosa y fascinante.

Y la miraba a la cara mientras lo decía, no a su cuerpo.

—No... no puedo... —tartamudeó aturdida mientras negaba con la cabeza.

Estaba sin palabras, nunca se había sentido así. Aquello era diferente. Por primera vez, deseaba estar con alguien en todos los sentidos. Necesitaba tocarlo y acurrucarse contra su cuerpo. No le extrañó que se hubiera sentido tan inquieta esos días. No era solo por su confinamiento, sino por la manera en la que Amir empezaba a hacerse un hueco en su corazón.

—No te preocupes, Cassie. No tienes que hacer nada —le dijo mientras soltaba su mano.

Lo miró y su expresión volvió a hacerse inescrutable. El deseo había desaparecido.

—Te deseo, pero estás a salvo bajo mi protección. ¡A salvo incluso de mí! —le dijo Amir.

Cassie abrió la boca para decirle lo que sentía, explicarle que había tenido que luchar esos días contra la necesidad que tenía de estar con él. No solo quería compartir su cama, también quería entregarse a él. Pero se dejó llevar por la cautela y no dijo nada.

Ni siquiera se habían besado y apenas habían hablado, pero la fuerza de sus sentimientos era innegable. Casi le daba miedo cuánto lo deseaba.

Había crecido despreciando el estilo de vida de su madre y a los hombres que la habían utilizado para satisfacer sus egos y sus apetitos sexuales. Esa experiencia había marcado las relaciones de Cassie con los hombres y nunca había sentido un deseo tan urgente como aquel.

Pensó que a lo mejor estaba sufriendo una especie de síndrome de Estocolmo. Y el peligro en el que había estado y el aislamiento podrían haber hecho que no deseara a su secuestrador, pero sí al hombre que iba a rescatarla.

No sabía si su deseo sería real, pero lo sentía por todo el cuerpo con fuerza y urgencia.

Muy despacio, se atrevió a tocar la mano de Amir, pero él la apartó deprisa.

—No me toques, Cassie. Me está costando mucho controlarme, no me lo pongas más difícil.

Le hablaba tan fríamente que le costaba creer que de verdad la deseara. Quizás hubiera sido todo un engaño o un juego. Pero, después de tocarlo, había podido sentir cómo se tensaba todo su cuerpo.

Se dio cuenta de que era verdad, Amir la deseaba. Y ella a él.

Aun así, sabía que sería un error dejarse llevar por ese deseo, por muy intenso y tentador que fuera.

Capítulo 8

ERES muy buena jugando al ajedrez.

El rostro de Cassie se iluminó al oírlo, pero bajó la cabeza, como si le avergonzara aceptar el cumplido. Amir se fijó en sus preciosos rasgos. Cada vez le parecía más atractiva e irresistible. Era como si se hubiera encendido una luz dentro de ella, produciendo un resplandor que lo atraía como una polilla a una lámpara.

Le había confesado que la deseaba y ella no lo había correspondido. Había decidido que no debía intentar nada. Por muchas noches más que tuviera que pasar en vela, tenía que controlarse.

El secuestro la había hecho vulnerable y creía que por eso no tenía ningún interés en dejarse llevar por la pasión. Lamentaba haberle confesado sus sentimientos, pero lo que Cassie le había contado le había afectado mucho. Le dolía que no hubiera tenido una familia que la protegiera.

Él había crecido alejado de todo el mundo, especialmente de su familia. Ese aislamiento había hecho que se convirtiera en un hombre exitoso y autosuficiente para demostrar así su valía.

Pero la historia de Cassie había conseguido despertar algo en su interior. Quería que alguien pagara por el daño que había sufrido de pequeña, había deseado consolarla.

—Antes solía jugar al ajedrez bastante a menudo —le dijo ella—. Pero estoy un poco oxidada...

—Jaque —repuso él mientras capturaba su caballo.

Cassie asintió con la cabeza y se mordió el labio

mientras miraba concentraba el tablero. Deseaba más que nada acariciar esos labios y besarla después, saborearla con su lengua.

Resopló y trató de pensar en otra cosa. Tres días más y podrían irse de allí. Después, estaba dispuesto a darle todo el espacio que necesitara antes de intentarlo de nuevo con ella.

Porque no deseaba a ninguna otra. Era con Cassie con quien deseaba estar. No le interesaban las otras mujeres que tanto ansiaban su atención.

Cassie lo torturaba de día y de noche. Estaba allí cuando abría los ojos y también por la noche, tentándolo con su presencia. Empezaba a obsesionarse con ella.

—¿Quién te enseñó a jugar? —le preguntó para no pensar en cuánto la deseaba.

Cassie lo miró y se perdió al instante en las profundidades de sus ojos violetas.

—Un profesor de mi colegio. El mismo que me tenía en la clase de debate y teatro.

—Veo que estabas muy ocupada.

—Sí, tenía más actividades extracurriculares que nadie —repuso Cassie con una sonrisa triste—. Hice bádminton, tiro con arco, francés, artesanía... También tocaba varios instrumentos.

—Toda una triunfadora —le dijo él.

La entendía perfectamente, a él le había pasado lo mismo. Siempre lo habían obligado a dominar nuevas habilidades y a estudiar más y más.

—Yo habría preferido pasar mi tiempo jugando o leyendo un libro, pero no me dieron otra opción. Preferían que fuera a esas clases para estar más tiempo aún en el colegio. Y también me apuntaron a otras actividades cuando estaba interna. Así no molestaba continuamente a mi madre pidiéndole que me dejara volver a casa.

Hablaba como si no fuera con ella, pero podía sentir su dolor.

—¿Y a ti? ¿Fue tu padre quien te enseñó a jugar al ajedrez? —le preguntó Cassie.

—No, fue un criado del palacio quien lo hizo. Cuando me vine a vivir a Tarakhar, a mi tío le horrorizó darse cuenta de que no sabía jugar y ordenó a uno de los criados que me enseñara.

—¿No naciste en Tarakhar? ¿Cómo te convertiste en jeque? —le preguntó con curiosidad.

—El Consejo de Ancianos me eligió como el líder más adecuado de entre los miembros de mi familia —le dijo él con media sonrisa triste.

Los tiempos habían cambiado mucho. Si hubiera sido otra la situación, lo habrían ignorado por completo, nunca le habrían concedido la posibilidad de liderar a la nación.

—¿Qué te pasa? —le preguntó Cassie al verlo algo afectado.

No entendía por qué con ella se permitía el lujo de bajar la guardia y contarle esas cosas.

—Nada. El hecho es que, cuando llegué a Tarakhar, no me miraron con buenos ojos. Habría sido la última persona a la que habrían encargado ese puesto.

—¿Por qué? ¿Qué habías hecho?

—No había hecho nada, solo tenía once años.

—No lo entiendo.

Se dio cuenta de que Cassie no leía la prensa del corazón.

—Mi padre era el hermano menor del anterior jeque, así que yo era miembro de la familia gobernante, pero no vivíamos en Tarakhar.

—¿Te criaste con la familia de tu madre?

—¡No!

No tenía familia materna. De hecho, su madre ni siquiera sabía quién había sido su propio padre. Su tío era el que se había asegurado de contarle todos esos detalles y muchos más que él habría preferido no saber.

–Mis padres se mudaban continuamente. No tenían un hogar, se alojaban en hoteles de todo el mundo. Ya fuera en el Caribe, Marruecos o en el sur de Francia.

–¡Qué vida tan interesante y exótica!

–Sí, pero yo vivía de hotel en hotel.

Nunca pasaban el tiempo suficiente en un lugar para que pudiera hacer amigos y sus padres parecían tener la manía de despedir a las niñeras justo cuando él empezaba a conocerlas.

Sus padres, que solo querían pasárselo bien y disfrutar al máximo de la vida.

–¿Por qué no te recibieron bien en Tarakhar? –le preguntó Cassie con su voz suave.

Amir la miró a los ojos y sintió el extraño impulso de contárselo todo. Nunca hablaba de su vida personal, pero con ella era distinto.

–Mi padre era la oveja negra de la familia. Hizo todo lo que te puedas imaginar, desde dilapidar su fortuna en los casinos hasta malversar fondos públicos.

–¿En serio?

Amir asintió con la cabeza.

–Creía que su hermano mayor se encargaría de pagar su fianza y encubrirlo. Y tenía razón, el jeque estaba dispuesto a cualquier cosa para impedir que entrara en prisión y avergonzara así a la familia. Al final, mi padre vivió gracias a la generosidad de mi tío.

–Así se podía permitir los hoteles y los viajes, ¿no?

–Eso es. Era un mujeriego y un juerguista. Si se casó con mi madre fue porque se quedó embarazada de mí.

–Bueno, al menos se casó con ella.

Amir vio algo en los ojos de Cassie y recordó que le había dicho que sus padres no habían llegado a casarse.

–Casarse con ella fue lo único responsable que hizo en toda su vida. Pero, para horror de su familia, mi madre era una modelo de ropa interior con mala reputación. Como te puedes imaginar, no era del agrado de la fami-

lia real –le dijo él–. Y el hecho de que murieran juntos
y por sobredosis no hizo sino empeorar las cosas.

–¡Dios mío, Amir! Lo siento mucho...

Miró el tablero y movió una de sus piezas. No necesitaba su compasión. Apenas había conocido a sus padres y no los echaba de menos. De hecho, había sido un
alivio irse a vivir a Tarakhar, a pesar de las duras nor-
mas de su intransigente tío.

–Fue hace mucho tiempo. El hecho es que llegué y
mi tío pensaba que sería como mi padre, inestable e irresponsable.

–¡Pero eso es muy injusto!

–Y ¿quién dijo que la vida tiene que ser justa? Creo
que, como todos esperaban que fracasara, me esforcé
más que nadie por demostrarles lo contrario.

Trataba de fingir que aquello no le importaba, pero
los recuerdos le afectaban. Se había prometido a sí mismo
que sus hijos nunca sufrirían como había sufrido él. Pensaba protegerlos como no habían hecho con él. Lo tenía
todo planeado, no iba a dejar nada al azar.

–Pero ¿cómo no te dio tu tío el beneficio de la duda?
Eras solo un niño.

–Mi tío era un hombre decente, pero después de pasar tanto tiempo rescatando a su hermano, había perdido
la paciencia. Durante años, pensó que acabaría siendo
igual que mi padre.

–Pero le demostraste que se equivocaba.

Lo dijo con tanta seguridad que Amir levantó la cara
para mirarla. Había algo en sus ojos, algo cálido y muy
reconfortante. Algo a lo que quería agarrarse como si
le fuera la vida en ello.

–No soy ningún santo, Cassie.

Cassie apartó la mirada. Siempre le daba la impresión de que Amir podía ver dentro de ella y sabía de-

masiado. No terminaba de entender cómo podía sentirse
tan cerca de un hombre que seguía siendo prácticamente un desconocido para ella.

Pero, al oírle hablar de su infancia, no se le había pasado por alto que había ciertas similitudes entre ellos.
No habían sido niños deseados ni buscados. Eran los hijos de unos padres egoístas y centrados en su propio
placer. Los dos arrastraban la sombra de la vergüenza
por culpa del comportamiento de sus progenitores y era
algo que los había condenado al ostracismo.

Los dos estaban solos.

–No me sorprende que te rebelaras, es una reacción
natural.

Vio que Amir movía otra pieza del ajedrez y que tenía su rey casi atrapado. No se cansaba de observar la
agilidad y elegancia con la que se movía y comportaba.
Era como si estuviera hechizada. Cuando hablaba, se
sentía enganchada a cada una de sus palabras y al profundo timbre de su voz.

Acababa de decirle que no era ningún santo y se preguntó si sería un mujeriego como su padre.

Sabía que podía ser un hombre encantador y que tenía sentido del humor. Era muy atractivo, en todos los
sentidos. Y no quería ni recordar cómo la había mirado
cuando le confesó que la deseaba. Se estremecía solo al
pensar en ello.

Pero era esa actitud distante y solitaria lo que más le
intrigaba de él. Deseaba abrazarlo y acercarse más a él,
saber qué había detrás de ese talante y consolarlo.

Una parte de ella le recordaba que quizás se estuviera haciendo una idea equivocada y que Amir no necesitaba su consuelo. Nunca había conocido a nadie tan
independiente.

Y, aunque le había dicho que la deseaba, se había comportado como un caballero, protegiéndola en todo momento. Sabía que era un hombre en quien podía confiar.

–¿Tú también te rebelaste? –le preguntó Amir entonces en voz baja.

–No, no he sido nunca una joven rebelde. Yo he utilizado la actuación como una manera de escapar de la realidad cuando las cosas se ponían difíciles. Así me sentía como si estuviera en otro mundo y fuera otra persona. Ya fuera una obra cómica o trágica, podía representar mis emociones y borrar lo que sucedía a mi alrededor.

–Parece muy difícil.

Cassie levantó la vista y vio que Amir estaba un poco más cerca y la miraba con intensidad. Sentía un hormigueo por toda la piel y tuvo que concentrarse en su respiración para tratar de calmarse. Cuando la miraba así solo podía pensar en que Amir le había dicho que la deseaba.

Y cada vez le resultaba más difícil recordar por qué no era buena idea dejarse llevar por lo que ella también estaba sintiendo.

–Lo era, pero conseguí superarlo poco a poco y hacerme más fuerte –le dijo ella.

Con gran esfuerzo, apartó la mirada y bajó la cabeza para centrarse en el tablero de ajedrez. Durante unos segundos, no entendió lo que veía, había olvidado la estrategia que había decidido unos minutos antes para tratar de ganar la partida. Pero, de pronto, lo vio todo muy claro.

Cassie no pudo ocultar una pequeña sonrisa de satisfacción mientras movía su reina. Después lo miró y vio que parecía atónito.

–Jaque mate –le dijo ella.

Cassie se estiró disfrutando de cada segundo. Estaba medio dormida y se sentía muy tranquila y cómoda. Más que nunca.

Se frotó la mejilla contra la almohada, cálida y ligeramente áspera. Frunciendo el ceño, levantó un poco la

cabeza. Sabía que las almohadas eran suaves, no entendía nada, pero estaba demasiado cansada y feliz para
que eso le preocupara.

—Cassie...

Sintió la voz de Amir como si sonara dentro de ella,
no sabía cómo conseguía hacerlo.

—¿Umm? —gimió ella.

—Creo que deberías moverte.

Negó con la cabeza y se acomodó aún más en esa
cama tan cálida. Estaba sumergida en una nube de aro-
mas especiados. No quería moverse. No quería que Amir
le hablara ni la despertara.

Era increíble estar así, medio dormida y tan feliz.

—Cassie... —insistió Amir.

Sintió la palabra como un ronroneo que atravesaba
su torso.

—No... —repuso ella aferrándose a su sueño.

Sabía que no tenía que ir a ningún sitio, que era Amir
el que la dejaba cada mañana en esa maravillosa cama
para salir, dejándola sola y presa del aburrimiento y la
preocupación.

—Tienes que moverte.

—¿Por qué? Solo unos minutos más... —murmuró.

—Porque... —le dijo Amir en voz baja—. Por esto.

Cassie sintió que el sueño iba desvaneciéndose. Unas
manos grandes agarraron sus brazos y la levantaron levemente. Sorprendida, abrió la boca para protestar y
también los ojos.

Lo primero que vio fue su oscura mirada. Antes de
que pudiera reaccionar, algo rozó su boca. Algo suave,
cálido y tentador.

Fue entonces cuando se dio cuenta de lo que pasaba.
Estaba en la cama con Amir.

Y no en la misma cama pero en el extremo opuesto
del colchón, sino encima de él.

Había estado tumbada sobre su torso desnudo, por eso había sentido tanto calor.

Los labios de Amir se deslizaron sobre los suyos de nuevo, como la más suave de las caricias. Cerró los ojos al sentir la lengua de ese hombre en su boca, despertando de golpe todos y cada uno de sus sentidos.

Se aferró a él con fuerza mientras Amir profundizaba en el beso, dándole más y más placer con cada uno de sus lentos y estudiados movimientos, jugando con su lengua. Sintió una oleada de calor en su interior que se propagaba por todo su cuerpo. Una voz en su cabeza le recordaba que no debía estar disfrutando, que no debía responder de esa manera, pero no se detuvo.

Llevaba días soñando con un momento así y con mucho más.

Con un suspiro, se relajó contra el cuerpo de Amir, inclinando la cabeza para permitirle un mejor acceso a su boca, respondiendo a su beso con la misma pasión.

Podía sentir su fuerte torso, desnudo y cálido, bajo su piel. Estaba medio tumbada sobre él, con la pierna derecha sobre la de Amir. La fina camisa de algodón que llevaba no era ninguna barrera entre los dos. La sensación de tener piel contra piel, su suavidad contra la firmeza de Amir, era lo más embriagador que había experimentado en toda su vida.

Él rodeó su cintura con un brazo y tomó su cara con la mano que tenía libre. Estuvo a punto de gemir de placer. La tocaba como si fuera suya, nunca se había sentido tan deseada.

No pensaba en lo que estaba haciendo, se limitaba a dejarse llevar y su boca parecía tener vida propia, imitando lo que hacía Amir y descubriendo poco a poco su delicioso sabor.

El beso fue haciéndose cada vez más profundo, urgente y apasionado. Sus sentidos se arremolinaban, era un placer embriagador.

No era la primera vez que la besaban, tanto dentro como fuera del escenario. Con los hombres con los que había salido, se había animado a veces a tratar de ir un poco más lejos. Sabía que tenía que librarse de sus miedos y de las experiencias que la habían marcado en su pasado, pero nunca había funcionado. Nadie había conseguido romper las barreras mentales que ella misma había erigido a su alrededor. Unas barreras que iban fortaleciéndose poco a poco.

Todos esos obstáculos le habían impedido entregarse por completo a un hombre.

Hasta ese momento, nadie había sido capaz de arrastrarla por una ola de placer que anulara su mente. Con Amir, solo podía dejarse llevar por las sensaciones.

Ese hombre era distinto a los que había conocido. Era tentador y único.

La tocaba con ternura y suavidad, pero su cuerpo era firme y duro. Nunca había sentido un deseo tan profundo como el que estaba dominándola en esos instantes. No se cansaba de besarlo. Necesitaba tenerlo más cerca aún.

Amir llevó una mano a su pelo y sintió que iba a morir de placer. Era un masaje seductor y maravilloso, en perfecta sintonía con el ritmo de sus besos y el deseo que iba creciendo dentro de ella. Cassie quería más, extendió las manos sobre los hombros de Amir, acariciando su cálida piel y sus poderosos músculos.

Amir se movió un poco y la sensación de su torso contra los pechos elevó aún más la tensión en su interior. Cada vez sentía más urgencia y necesitaba más.

Y él pareció entender al instante lo que quería. La hizo girar entre sus brazos, rodando con ella hasta tumbarla boca arriba en la cama. Era increíble tenerlo así, encima de ella, y lo que le hacía sentir con sus besos.

Comenzó a acariciarla entonces con una de sus manos, describiendo un delicado rastro desde la mandíbula hasta la garganta. No pudo evitar estremecerse. Su corazón latía con fuerza, como un caballo desbocado. Por primera vez en toda su vida, quería y necesitaba que ese hombre tocara su pecho. Dentro de ella, algo se soltó, una opresión de la que nunca había sido consciente. Se sintió libre y llena de vida.

–Por favor... –le susurró ella contra su boca.

Lo hizo casi sin saber lo que le estaba pidiendo, solo sabía que quería más.

Un segundo después, sintió la cálida mano de Amir sobre su pecho. Lo sintió por todo el cuerpo, estaba fuera de sí, consumida por el deseo. Él lo notó y apretó con más intensidad su seno mientras gemía. Le pareció el sonido más excitante que había oído en su vida.

Pero, de repente, la presión de sus dedos dejó de producirle placer alguno y sintió que se ahogaba. La inquietud pudo con ella y abrió de golpe los ojos. Estaba encima de ella y era mucho más grande e intimidador de lo que recordaba. Sus besos ya no le agradaban y el miedo se aferró a sus entrañas.

Se dio cuenta de que no iba a poder hacer nada contra la fuerza de ese hombre grande y poderoso. Desde lo más profundo de su subconsciente le llegó el recuerdo de haber sido acariciada por el hombre que acababa de salir de la habitación de su madre. Recordaba su risa ronca mientras ella se retorcía y trataba de escapar. Casi podía percibir el olor a sudor y vino de ese hombre.

Tenía que salir de allí, respirar... Pero no podía apartarse, era demasiado fuerte.

Gritó aterrorizada y lo empujó con todas sus fuerzas. Le dio patadas sin pensar en lo que hacía, solo sabía que tenía que verse libre.

Y no tardó en estarlo. Se arrastró entonces hasta el otro extremo de la cama, tratando de calmar su respiración mientras doblaba las piernas y se aferraba a sus rodillas.

Cuando se tranquilizó un poco, levantó la cabeza. Amir estaba sentado en la cama y se pasaba la mano por el pelo. También trataba de recobrar el aliento y vio que tenía arañazos en los hombros. Le había clavado las uñas para tratar de liberarse.

Se quedó helada al verlo, no entendía qué había ocurrido.

Había pasado de desearlo como nunca había deseado a nadie a sentirse aterrorizada.

–¿Estás bien? –le preguntó Amir.

Vio que la miraba con los ojos llenos de preocupación. En silencio, asintió con la cabeza. No podía hablar y le temblaba todo el cuerpo. Tenía mucho frío.

–Yo... –comenzó Amir con desesperación–. ¡No me mires así, Cassie!

Se levantó y fue a por su capa. Después, se la colocó sobre los hombros.

–Te pido disculpas –le dijo él–. No volverá a pasar. Pensé que querías... Pero no importa, conmigo estás a salvo.

Se sintió muy mal al oírlo. Ella también lo había deseado, más que nunca en su vida.

–No es culpa tuya –susurró entonces con la voz ronca–. Es que...

Pero no terminó de hablar al ver que él se levantaba para irse.

–Duerme tranquila, Cassie. Nadie te va a molestar –le dijo mientras salía de la habitación.

Cassie se quedó sola con sus pensamientos. Y nunca había necesitado tanto la compañía de alguien como en esos momentos.

Capítulo 9

L A GRAVA se le estaba clavando en los pies descalzos mientras caminaba por el campamento al amanecer, pero Amir apenas era consciente del dolor.

Era el recuerdo del miedo que había visto en los ojos de Cassie lo que de verdad le estaba afectando. Le había sorprendido ver el terror en su mirada cuando dejó de besarla.

No entendía cómo había interpretado tan mal lo que ella quería. Había sido imposible no dejarse llevar por el deseo cuando ella se quedó dormida sobre su cuerpo.

Aunque sabía que no era buena idea, había sido incapaz de resistirse, la había besado y se había dejado llevar por la pasión al ver que ella también lo quería. Cassie se había mostrado receptiva y él había aceptado la invitación, creyendo que sentía el mismo deseo que lo dominaba a él.

Cuando ella le había susurrado ese «por favor», había estado seguro de que le pedía más, pero después había llegado a la conclusión de que había tratado de detenerlo.

Se sentía muy culpable. Llegó a unas peñas que había a un extremo del campamento y se quedó allí de pie, viendo cómo la luz del amanecer iluminaba las montañas hacia donde estaba su país.

Lamentaba no estar en Tarakhar, donde Cassie sería atendida como se merecía mientras se recuperaba de esa terrible experiencia. Allí no tendría que compartir habitación con un hombre que, aunque le había prometido que iba a respetarla, no había sido capaz de controlarse.

Se le encogía el estómago al pensar en lo que había estado a punto de hacerle. Recordó entonces la desesperación de Cassie la primera noche que había pasado en su tienda, el miedo en su voz cuando le confesó que había temido que los guardias la violaran. Amir le había asegurado que estaba a salvo con él.

Se rio con amargura. No, con él no podía estar a salvo.

Solo les quedaban dos días más en ese campamento y sabía que Cassie iba a pasarlos temiendo que volviera a intentar algo con ella. Y él no iba a poder dormir, por miedo a despertar de nuevo en una situación que no podía controlar.

Se dio la vuelta y volvió hacia el campamento. Decidió hacer todo lo posible para terminar en un día lo que quedaba de negociaciones. En ese caso, solo tendría que pasar una noche más allí.

Y creía que podía soportar una noche más.

Cassie seguía en la enorme cama, incapaz de dormir. No había visto a Amir desde el amanecer y ya se había hecho de noche. A la tienda le llegaba el sonido de risas y música. Suponía que habría una fiesta esa noche en la carpa principal y que él estaría allí. Era el invitado de honor.

No sabía por qué le dolía tanto que él la hubiera evitado durante todo el día. Estaba deseando explicarle que él no tenía la culpa de nada.

La suave caricia de sus labios había sido una invitación al placer, no sentía que Amir hubiera tomado nada que ella no hubiera estado dispuesta a darle.

Se dejó caer una vez más en la almohada. Necesitaba explicárselo, necesitaba...

Le asustaba lo que de verdad necesitaba, pero no podía dejar de pensar en ello. Sabía muy bien lo que deseaba.

Deseaba a Amir.

Lo deseaba como nunca había deseado a ningún hombre.

Durante días, había tratado de convencerse de que lo que sentía era una especie de obsesión causada por las circunstancias y que, cuando se viera libre, ya no sentiría lo mismo.

Pero sabía que no era cierto. Había estado demasiado asustada para enfrentarse a la verdad. Después de todo, Amir tenía todos los ingredientes para que le gustara. Era fuerte, atractivo y caballeroso.

Pero recordó entonces lo que había pasado esa mañana y cómo había reaccionado ella. Sabía que no era normal. Había deseado que ocurriera tanto como él y así se lo había pedido. Pero, cuando él comenzó a acariciarla, se vio paralizada por el terrorífico recuerdo de algo que había ocurrido en su adolescencia.

Curtis Bevan no había llegado a violarla, pero había hecho que se sintiera sucia, manchada por sus manos y sus lascivas intenciones. Después de aquello, había sido un alivio volver al internado, lejos del hombre que pensaba que tenía derecho a hacer lo que quisiera con su madre y con ella también.

Empezaba a ver que lo que le había pasado y la forma de vida que había elegido su madre le habían afectado más de lo que había creído posible. Se preguntó si habría optado por no tener relaciones sexuales porque aún no había encontrado al hombre adecuado o por las cicatrices emocionales que tenía.

Siempre se había visto a sí misma como una superviviente. Había aprendido a ser fuerte e independiente y se había labrado una carrera gracias a su talento y al duro trabajo.

Había tenido que ahorrar durante mucho tiempo para

hacer ese viaje. Cuando su madre murió, había regalado todos sus objetos de valor a organizaciones benéficas. Recordó lo bien que se había sentido al hacerlo, libre del pasado turbio de su madre.

Pero se había dado cuenta de que en realidad no era libre.

Y deseaba serlo. Lo deseaba tanto como deseaba a Amir.

Pasaba ya de medianoche cuando Amir entró en el dormitorio. Se había quedado en la otra tienda el máximo tiempo posible, aunque el entretenimiento no había sido de su gusto.

Cassie estaba en la cama. Aliviado, vio que estaba dormida y que no iba a tener que lidiar con su ansiedad.

Aun así, pensó que era mejor no dormir con ella. Lo que había pasado esa mañana había despertado aún más su apetito. No había podido olvidar el sabor de sus dulces labios, el olor a miel de su piel y el deseo que no había sido capaz de contener.

Apretó los puños al recordarlo. Decidió que era mejor dormir en el suelo. Se desnudó rápidamente y se puso unos anchos pantalones de algodón. Tomó una almohada y...

–No te vayas.

Se quedó inmóvil con la almohada en la mano cuando oyó la voz de Cassie. Se giró hacia ella y vio que lo miraba con sus ojos violetas. Sintió al instante una oleada de calor recorriendo su cuerpo, una combinación de deseo y remordimientos.

–Perdona, no quería despertarte –le dijo él.

–No lo hiciste.

No le extrañó que no estuviera dormida. Supuso que habría estado demasiado nerviosa pensando que iba a tener que compartir la cama con él.

–No te preocupes –le dijo con una sonrisa tranquilizadora–. Voy a dormir en el suelo esta noche.

–No es necesario –repuso ella mientras se apoyaba en un codo.

–Es mejor así –le advirtió quitándose el reloj.

Conocía sus límites y sabía que ya había alcanzado los suyos.

–No, Amir.

Sorprendido, se volvió lentamente hacia ella. Estaba ruborizada y sus ojos brillaban con una expresión que no supo interpretar.

–Quiero dormir contigo –le dijo ella con un tono desafiante.

Se sentía tan confuso como excitado y supuso que estaba imaginando sus palabras, porque no podía haberle dicho lo que le había parecido oír.

–Siento lo de esta mañana... –comenzó Cassie.

–No tienes nada por lo que disculparte.

–Sí, tengo que hacerlo –le dijo Cassie sentándose en la cama–. No hiciste nada malo. Deseaba que me besaras y mucho más –añadió con un tembloroso suspiro.

Aunque sabía que no debía fijarse en esas cosas, no podía dejar de mirar los pechos que se adivinaban bajo la fina tela de su camisa y vio que sus pezones se endurecían mientras la observaba. Respiró profundamente y apretó la almohada contra su cuerpo para esconder su excitación.

–Pero luego cambiaste de opinión, no pasa nada –le dijo él.

Estaba muy incómodo y quería terminar cuanto antes esa conversación. Terminó de quitarse el reloj y extendió la mano para ponerlo en la mesita de noche. Pero se le cayó cuando vio lo que había allí.

–Espero que no te importe –le dijo Cassie sin aliento–. Los vi en tu bolsa de aseo cuando tomé prestado tu peine.

No daba crédito, no podía dejar de mirar lo que había sobre la mesita, a lo que se refería Cassie, varios preservativos cuidadosamente apilados uno encima de otro.

El corazón comenzó a latirle con más fuerza aún. Los llevaba siempre en la bolsa de aseo. No los había sacado desde su último viaje y nunca había esperado que fuera a necesitarlos allí.

–Di algo, Amir –le pidió ella.

Pero no sabía qué decir. No sabía si iba a poder controlarse esa vez si Cassie volvía a cambiar de opinión. Era un hombre de carne y hueso y estaba loco de deseo por ella.

–Esto es un error, Cassie. Tendrías que haberte visto esta mañana, estabas aterrorizada.

Se dio la vuelta y vio que Cassie se le había acercado. Cometió entonces el error de mirar su boca. Tenía los labios entreabiertos, como si lo estuviera invitando a besarla.

–No tenía nada que ver contigo. Es que me acordé de repente de...

–Ya lo imagino –repuso él sabiendo lo duro que habría sido verse secuestrada–. Pero el sexo conmigo no es la cura que necesitas para tus miedos.

Le costaba creer que estuviera tratando de quitarle la idea de la cabeza. Su trato con las mujeres siempre había sido egoísta, para su propio placer, pero Cassie era diferente. Sabía que en esos momentos, aunque fuera enérgica y decidida, debía de sentirse vulnerable. Le atraía, pero también quería protegerla.

–¡No sabes nada de mis miedos! –exclamó Cassie mientras levantaba desafiante la cara.

–Mañana por la mañana, lo verás de otro modo y te alegrará que no llegáramos a...

–¡No! –lo interrumpió con fuerza–. Sé muy bien lo que quiero, Amir, aunque esta mañana no lo tuviera aún claro. Te deseo.

Había oído muchas veces esas mismas palabras. Se lo habían dicho bellas y sofisticadas mujeres que lo invitaban a sus camas. Pero nunca se lo habían dicho con tanta sinceridad.

Le pareció que hablaba con mucha seriedad, de una manera casi solemne. Se quedó sin palabras.

Cassie estaba llena de orgullo y pasión. Y la deseaba como no había deseado a nadie.

Se aferró con más fuerza aún a la almohada mientras se daba la vuelta. Era lo más difícil que había hecho jamás, pero no podía arriesgarse a que cambiara de opinión otra vez. Creía que seguía traumatizada por el secuestro y que ni siquiera sabía lo que quería.

–No me tientes, Cassie –le susurró.

Sintió que agarraba su mano y se quedó inmóvil.

–Quiero tentarte. ¿No lo entiendes? No es como lo de esta mañana, sé lo que estoy haciendo.

Deslizó los dedos hasta su muñeca y Amir se estremeció. Estaba deseando tomarla entre sus brazos y terminar lo que había empezado esa mañana.

Antes de que pudiera detenerla, Cassie le quitó la almohada. Vio cómo bajaba la mirada y se quedaba sin aliento. Separó sorprendida los labios y su gesto no hizo sino excitarlo más aún.

Estaba obsesionado con su sensual boca, no quería ni imaginar lo que podía hacer con ella.

–Tú me deseas –le dijo ella como si acabara de descubrirlo.

–¡Por supuesto que te deseo!

No entendía que Cassie no hubiera sido consciente hasta ese instante de cuánto la deseaba, del esfuerzo sobrehumano que estaba haciendo para no perder el control. Vio que sonreía tímidamente, pero con satisfacción. Después, sin previo aviso, se quitó la camisa.

Amir supo en ese instante que estaba completamente perdido. Por muy fuerte que fuera, se dio cuenta de que nada podía salvarlo. Tragó saliva, tenía la garganta seca y no podía dejar de mirar sus pechos. Ya le había parecido voluptuosa con la escasa ropa de bailarina, pero el breve corpiño había ocultado la exuberancia de sus firmes senos y el delicado color rosado de unos pezones que lo invitaban a probarlos.

Necesitaba tocarla, anhelaba saborearla.

Maldijo entre dientes y se acercó a la cama. Con un solo movimiento, apartó la colcha que aún la cubría de cintura para abajo. Se detuvo solo un segundo al verla completamente desnuda. Se fijó en sus pálidos y suaves muslos, en sus curvilíneas caderas... Aún brillaba sobre su cintura la cadena que le recordaba que la habían tratado como si fuera una esclava.

Un segundo después, estaba en la cama con ella, atrayéndola contra su cuerpo. Se estremeció al sentir la suavidad de su piel, sus tentadoras curvas. El placer era tan intenso que le resultaba casi doloroso.

Comenzó a besarla mientras sus manos se deslizaban por ese cuerpo, quería recorrer cada centímetro de su piel, aprendiendo su textura y su forma. Era increíble sentir esos pechos contra su torso. Encajaban tan bien que se quedó sin aliento.

Esa vez, Cassie lo besaba con tanto deseo y urgencia como él. Sintió cómo temblaba su delicado cuerpo y una emoción desconocida y extraña explotó dentro de él.

Amir trató de calmarse e ir un poco más despacio. Acarició su espalda y sus hombros de manera más consciente y lenta. Le encantó ver cómo Cassie se arqueaba contra sus manos.

Colocó una pierna sobre las de ella, sosteniéndola donde estaba. Era increíble sentir su suave vientre tan cerca y la sensación de piel sobre piel.

–¿Estás segura? –le preguntó cuando se apartó un segundo para mirarla.

Le encantó ver el deseo en sus ojos.

Cassie acarició con ternura su mejilla y bajó despacio la mano hasta la garganta.

–Muy segura –le dijo con seriedad en sus ojos y la sonrisa más dulce que había visto en su vida–. Deja que te ayude.

Se inclinó sobre él y alargó el brazo hacia la mesita. El movimiento hizo que lo rozara con sus pechos y que sus piernas se deslizaran sobre las de él.

–¡No! –exclamó para detenerla.

Cassie lo miró sorprendida. La deseaba tanto que ese contacto era suficiente para hacerle perder el control. Si seguía moviéndose de esa manera, no iba a durar siquiera el tiempo suficiente para ponerse un preservativo. Apretó los dientes y la apartó suavemente.

–Ya lo hago yo –le dijo él.

Sin esperar una respuesta, se dio la vuelta, tomó uno de los paquetes y se lo puso rápidamente. Después, se volvió hacia ella y la besó hasta perderse por completo en su embriagadora dulzura. No podía controlar los movimientos de su pelvis, que se sacudía contra ella al ritmo de los besos. Cassie no tardó en adaptarse a ese sensual baile, aferrándose a él como si le fuera la vida en ello.

Trazó con un dedo la línea de sus costillas y le encantó ver cómo se estremecía Cassie cuando tomó uno de sus pechos en la mano. Era del tamaño perfecto.

Suavemente, rozó el pezón con la piel de su pulgar y ella gimió de placer. Lo hizo de nuevo y Cassie echó la cabeza hacia atrás, levantando su torso contra su mano.

No pudo evitar sonreír. Era un alivio verla así, tan entregada y respondiendo de esa manera a sus caricias. Se deslizó entonces por su cuerpo, frotando la mejilla contra su pecho.

Los brazos de Cassie lo sujetaron con firmeza. Levantó la vista un instante. Sus ojos violetas parecían algo más oscuros y estaban llenos de deseo. Había algo en su rostro... Era casi como si todo aquello fuera nuevo para ella.

Pero no era momento de pensar en nada más. Tomó uno de sus pezones en la boca y succionó con fuerza. Cassie rodeó entonces sus caderas con las piernas. Lo hizo con tanta urgencia que él estuvo a punto de perder el control. La deseaba, la deseaba tanto... Y ella también lo deseaba.

Deslizó una mano entre sus cuerpos hasta que encontró el centro de su deseo. Cassie estaba caliente y muy húmeda. Era una sensación increíble.

Quería asegurarse de que ella disfrutara antes de preocuparse por su propio placer, pero sintió que no había tiempo para esos juegos previos, necesitaba hacerla suya. No podía esperar más.

Se incorporó ligeramente, apoyando su peso en los codos. Cassie lo miraba a los ojos, no había ni una sombra de miedo o duda en ellos. Sus cuerpos se encontraron y se deslizó entre sus piernas. Se acomodó hasta encontrar la posición perfecta y entonces...

Le pareció ver un destello de duda en los ojos de Cassie.

Se detuvo un segundo, conteniendo el aliento. No iba a poder aguantarlo si ella se arrepentía, se veía incapaz de detenerse.

Pensó que quizás fuera su tamaño y su peso sobre ella lo que despertaba su miedo. Se preguntó si sería eso lo que había fracasado esa mañana.

Se dejó llevar por el instinto y se apartó de Cassie. Se tumbó de espaldas y tiró de ella para que se sentara encima de él.

—Bésame —le ordenó Amir.

Quería distraerla, no darle tiempo a pensar.

Sus bocas se fundieron y esa vez, dejó que fuera Cassie la que marcara el ritmo. Sus labios eran exigentes y hambrientos. Se movía contra él apasionadamente, como si deseara más y no supiera cómo conseguirlo.

Amir le acarició la espalda, bajando por la cintura hasta la curva de sus nalgas. Agarró la parte posterior de sus muslos con las manos y los separó, consiguiendo que su cuerpo se abriera sobre él, con las rodillas plantadas una a cada lado.

Era increíble sentirla tan cerca, piel contra piel.

—Siéntate, Cassie —le susurró—. Sí, así...

Gruñó fuera de sí al notar cómo se deslizaba sobre su miembro.

No podía dejar de mirarla. El movimiento de los pechos, la sonrisa en sus labios... Nunca había estado tan excitado. Con un rápido movimiento, agarró sus caderas, la levantó ligeramente y fue dirigiéndola para deslizarse dentro de ella.

Se quedó sin aliento. Era pura perfección, encajaban como dos piezas de un puzle. Estaba tan extasiado que tardó unos segundos en darse cuenta de que ella había dejado de moverse. Estaba muy rígida y apretaba con fuerza sus hombros. Oyó un gemido y se preguntó si le dolería.

—¿Cassie? ¿Estás bien? ¿Te hago daño?

—Estoy bien —repuso unos segundos después—. Es solo que...

—¿Ha pasado mucho tiempo desde la última vez? —le preguntó él.

—Algo así.

Tuvo que luchar contra el impulso de empujar con fuerza para estar aún más dentro de ella. Comenzó a acariciar de nuevo sus pechos. Poco después, Cassie echó hacia atrás la cabeza y sintió que sus músculos se relajaban.

Empezó entonces a moverse, milímetro a milímetro hasta que fueron un solo cuerpo.

Era tan increíble como había imaginado y mucho más.

Le encantó verla tan entregada, completamente abandonada al disfrute de las sensaciones. No dejó de acariciar sus pálidos pechos. Era el momento más erótico de su vida.

Cassie despertaba sensaciones de placer tan exquisito que Amir sintió que no iba a tardar en alcanzar el éxtasis.

Agarró entonces sus caderas, sujetándola con firmeza mientras sus movimientos se hacían cada vez más urgentes. Cassie lo miró a los ojos y sintió algo dentro de él mucho más intenso que el placer que estaban compartiendo.

Unos instantes después, una oleada de placer lo golpeó con fuerza. Se dio cuenta de que no había tiempo para nada más, que estaba a punto de alcanzar el final.

Abrió la boca para disculparse, pero no pudo hacerlo. El clímax lo sacudió con gran intensidad, abrumando su cuerpo con un placer tan intenso que estuvo a punto de perder el conocimiento. Una galaxia de estrellas giraba a su alrededor, pero ninguna eclipsaba la belleza de esos ojos violetas. Siguieron mirándolo mientras gritaba de placer y trataba de recobrar después el aliento. No podía dejar de temblar y se aferró a esa mujer como si no quisiera soltarla nunca.

Capítulo 10

CASSIE se agarró con fuerza a Amir mientras él gemía y temblaba debajo de ella. Su inexperto cuerpo comenzó a responder con pequeñas sacudidas de placer. Fascinada, observó cómo perdía por completo el control, como si lo dominara una extraña fuerza de la naturaleza.

Superada la conmoción inicial, había ido sintiendo más y más excitación con cada movimiento. Cuando Amir empezó a acariciarle los pechos, había vuelto a sentir que se derretía por dentro y su cuerpo se había relajado poco a poco, permitiendo que él se deslizara dentro hasta llenarla por completo. Esa deliciosa sensación había ido disminuyendo hasta casi desaparecer. Amir seguía inmóvil, excepto por su torso, que subía y bajaba tratando de calmar su respiración.

Intentó apartarse, pero Amir gimió y apretó sus caderas.

—No, todavía no —jadeó él.

Pasaron los segundos y Cassie comenzó a sentir tensión en los muslos y algo de frío. Se sentía además muy expuesta y vulnerable. Estaba desnuda encima de Amir que, con los ojos cerrados, parecía perdido en otro mundo. Un mundo al que ella no había sido invitada.

Con un movimiento brusco, Amir se apartó de ella. Ni siquiera la miró. Simplemente, se dio la vuelta, se levantó y fue al baño.

Se sentía engañada. Después del intenso placer que

acababan de compartir, había esperado algo más. Se tapó con la colcha y se deslizó a su lado de la cama.

Lamentaba haber creído que Amir era diferente. Acababa de ver que anteponía su propio placer al de ella y que no parecía haberle preocupado que ella no disfrutara tanto como él.

Lo que más le dolía era que ni siquiera la hubiera mirado. Había evitado hacerlo mientras se levantaba y se iba. Era casi como si se avergonzara de ella.

Y pensó que quizás fuera así como se sentía después de tomar lo que quería.

Era como si el pasado volviera a atraparla en su oscuridad. Se sintió avergonzada y muy enfadada. Y también culpable. Eran emociones que había arrastrado toda su vida.

Pero sabía que no era como su madre y que Amir no tenía derecho a hacer que se sintiera sucia.

Se aferró a una almohada y apretó los dientes.

Creía que al menos había sacado algo bueno de esa experiencia. Se sentía decepcionada, pero había logrado superar el terror que le había impedido tener relaciones sexuales hasta esa noche. Había aprendido que el sexo podía ser electrizante, emocionante y maravilloso.

También había sacado en claro que debía elegir a un hombre que no le diera la espalda después de conseguir lo que quería de ella. No merecía nada menos.

–¿Cassie?

Sintió su aliento en la nuca y se estremeció. Se quedó muy quieta al sentir que la abrazaba por la cintura y la atraía contra su sólido cuerpo.

Había conseguido despertar su deseo en unos pocos segundos. No le parecía justo. Seguía enfadada y decepcionada, pero su cuerpo le traicionaba. Trató de apartarse, pero él la sujetaba con fuerza.

–Lo siento, Cassie –le susurró Amir–. No pude evitarlo, perdí el control.

Supuso que era una excusa que usaban con frecuencia los hombres para explicar su egoísmo.

–Estás enfadada.

–No.

Se encogió de hombros. Pensó que quizás no tuviera razones para estar tan enfadada. Después de todo, había sido su primera experiencia sexual y temía haber dejado que el pasado enturbiara su juicio.

–No me gustó que te apartaras de mí de esa manera, sin mirarme siquiera.

Amir tiró de su hombro hasta conseguir que se tumbara boca arriba y lo mirara. Acarició con delicadeza su clavícula, subió hasta su garganta y después hasta la mandíbula. No pudo evitar quedarse sin aliento al sentir esas caricias.

–Lo siento, Cassie. Hacía mucho que no perdía el control de esa manera.

Le pareció que se había ruborizado, no entendía nada.

–¿Estabas avergonzado? ¿Por eso no querías mirarme a la cara? –le preguntó ella.

–Solo los jóvenes inexpertos y los amantes egoístas toman sin dar nada a cambio. Es necesario no perder por completo el control –le dijo Amir con seriedad.

No podía creerlo. Parecía pertenecer a un mundo completamente distinto al suyo. Estaba atónita.

–Veo que tienes un verdadero problema con la pérdida de control.

Amir sonrió y su mano se deslizó lentamente hasta uno de sus pechos.

–Ya somos dos, Cassie. Nunca he conocido a una mujer tan independiente como tú.

Se quedó sin aliento al sentir que rozaba el pezón con su pulgar y sintió que despertaba de nuevo el deseo en su interior. Quería saborear sus palabras, pero no podía pensar en nada.

–Pero...

–¿Sí, Cassandra?

Fue bajando por su anatomía muy lentamente y abrió la boca para protestar cuando sintió que acariciaba el vello de su pubis.

–¿Ibas a decir algo? –insistió Amir.

La miraba con picardía, sabía perfectamente el efecto que estaban provocando sus caricias.

Las sensaciones se acumulaban en su interior, fusionándose en una intensa descarga de placer cuando él la tocó en el centro de su deseo.

Amir la observaba con atención, como si pudiera medir lo que sentía con solo mirarla.

Fue ella entonces la que se sintió avergonzada. Desesperada, agarró su cabeza y tiró de ella. Lo besó apasionadamente mientras él seguía acariciándola.

Sintió entonces una sacudida de placer por todo el cuerpo. Solo era consciente del sabor de su boca y de lo que sus caricias le hacían sentir. Sintió un estallido de brillantes chispas y explosiones de fuego, algo que no había experimentado nunca.

Le temblaban las manos con las que sostenía la cara de Amir. Necesitaba aire y recuperar el aliento, pero quería seguir besándolo y no despegarse de él hasta que regresara a la realidad después de ese viaje de los sentidos.

Pero Amir parecía tener otras ideas. Dejó de besarla y se apartó para mirarla a los ojos.

–Eso no es suficiente, ¿verdad, *habibti*? Sigues en tensión, necesitas dejarte llevar...

La miraba con una sonrisa sexy e irónica que le llegó al corazón.

–Además, tengo que compensarte por lo de antes.

Cassie abrió la boca para decirle que no estaba en tensión, que nunca se había sentido tan entregada a la pasión y los sentidos. Pero Amir no la dejó hablar. La besó lentamente, despertando el deseo poco a poco, exigiendo una respuesta. Sorprendida, vio que su cuerpo parecía saber cómo reaccionar a cada beso y a cada caricia.

Sintió que el tiempo se detenía a su alrededor. No podía pensar en nada mientras Amir le hacía el amor con sus manos, con su boca y con el resto de su cuerpo.

La llevó a alcanzar otro clímax más intenso aún que el primero. Sintió que su alma se rompía en mil pedazos. Cuando terminaron, la abrazó de nuevo contra su torso, acariciándola con dulzura y susurrándole cariñosas palabras en los oídos.

Nunca había experimentado tanta ternura. Se sentía distinta.

Tumbada en esa cama, agotada y feliz, comenzó a darle vueltas a lo que acababa de pasar. Sentía que no había sido solo algo físico, sino mucho más.

Oyó entonces algo y abrió los ojos. Vio que Amir desgarraba con los dientes el paquete de otro preservativo.

Estaba exhausta, ni siquiera podía moverse, le parecía imposible que lo deseara de nuevo. Pero, a pesar de estar agotada, necesitaba estar cerca de él, abrazarlo, sentir su corazón latiendo junto al suyo.

Lo observó con los ojos entrecerrados mientras se colocaba el preservativo. Parecía tener mucha experiencia, pero había disfrutado tanto entre sus brazos, que no le importó.

Creía que era bueno que al menos uno de ellos supiera lo que estaban haciendo.

Aun así, no pudo evitar sentir cierta ansiedad al ver que Amir se arrodillaba entre sus piernas.

No le parecía posible dar o recibir más placer del que ya había sentido esa noche, pero el brillo de sus ojos era inconfundible, parecía tener algo en mente.

–No sé si voy a poder... –susurró ella.

–No tienes que hacer nada. Confía en mí –repuso Amir.

Vio cómo se colocaba sobre ella. Con sus anchos

hombros, bloqueaba por completo su vista. Pero, esa vez, no sintió miedo, todo lo contrario.

Lo abrazó y se estremeció de placer cuando Amir se deslizó en su interior.

Se sentía en casa.

Esa fue la palabra que apareció de repente en su cabeza mientras hacían el amor. Se sentía protegida, segura y en paz.

Comenzaron a moverse al unísono y no pudo evitar sonreír.

—Es increíble.

—Lo sé... —repuso él.

Amir besó suavemente sus párpados, las mejillas y después su boca.

—Sabes muy bien lo que estás haciendo —le susurró ella—. Y tienes el control —agregó.

—¿Te importa? —le preguntó Amir.

Cassie se mordió el labio inferior, las sensaciones eran increíbles, maravillosas...

—No —le contestó cuando por fin pudo hablar.

Sus manos se deslizaron hasta las firmes nalgas de Amir y las sujetó con fuerza, empujando para tenerlo aún más dentro. Se quedó sin aliento.

Levantó después las rodillas, sintiendo que con cada movimiento lo tenía más dentro.

—Pronto perderás el control —agregó ella.

Tenía que saborearlo, lo necesitaba. Siguiendo el instinto, mordió suavemente la curva donde se juntaban el cuello y el hombro.

Amir se estremeció y las embestidas se hicieron más intensas y urgentes. Siguieron así hasta que los dos llegaron a niveles de placer casi insoportables.

Lo que había empezado como un juego se convirtió en una precipitada carrera hacia su meta. Había ocurrido de forma repentina, pero muy intensa. Era increíble poder compartirlo de esa manera con él.

Amir... Su nombre era un grito de éxtasis, alegría y súplica. No supo si lo había gritado en voz alta o si solo estaba en su cabeza, pero sentía su nombre en cada latido de su corazón, en cada espasmo de placer y en cada respiración. Era como si formara parte de ella, como si fueran una sola persona.

Lo último que recordó fue a Amir sosteniéndola con fuerza, rodando con ella sobre el colchón hasta tumbarse boca arriba y con ella sobre su cuerpo.

Sentía su cálido aliento en la cara y sus fuertes brazos protegiéndola del mundo. Podía escuchar el ritmo de su corazón y dejó que ese sonido la acunara hasta quedarse dormida.

Había amanecido. Le llegaron los sonidos del campamento, algunas voces, un grito, los arneses de los caballos... Amir se despertó con la sensación de haber tenido el sueño más reconfortante de su vida. Estaba feliz y satisfecho.

Sonrió al ver que tenía a Cassie entre sus brazos. Era una mujer maravillosa, con sensuales curvas, cálida, apasionada y muy adictiva.

Le había parecido que veía el sexo con un entusiasmo sincero, como si se tratara de un nuevo mundo que empezaba a explorar. No era un campo de batalla donde negociar favores o prestigio. No lo utilizaba para tratar de conseguir de Amir más de lo que quería dar.

Cassie lo trataba de igual a igual, solo quería compartir esos momentos con él y que los dos disfrutaran. Le parecía una mujer muy sincera. No era solo su físico lo que le atraía de ella.

Aunque, en ese momento, solo podía pensar en su tentador cuerpo. La acarició suavemente.

Le parecía increíble que siguiera durmiendo a pesar del ruido de afuera. Le tentó la idea de despertarla. Agarró la colcha para quitársela y se detuvo al ver una mancha de sangre en la sábana. Frunció el ceño al verlo, no entendía de dónde habría salido.

Pensó que quizás lo hubiera arañado con sus uñas.

Sonrió, le gustaba ese lado salvaje de Cassie y estaba deseando experimentarlo de nuevo.

La noche anterior había sido muy intensa. No le extrañó que estuviera agotada.

Apartó la mano de ella.

Estaba acostumbrado a iniciar una relación sexual cuando le apetecía a él, pero era distinto con Cassie. Después de lo que habían compartido sabía que ella no lo rechazaría, pero se contuvo. Le satisfacía anteponer las necesidades de Cassie a las suyas. Era algo que no había sentido nunca. Alargó hacia ella la mano y apartó un mechón de pelo de su cara.

Al verla acurrucada a su lado, sintió una gran paz que lo llenaba por completo.

Había sido un solitario desde su infancia. Las únicas relaciones que había tenido habían estado basadas en la atracción física, nada más. Lamentó en ese instante no tener a nadie especial a quien cuidar ni sentir que era importante en la vida de otra persona.

Era algo con lo que había soñado en secreto toda su vida, pero había aprendido a ocultar esa necesidad porque le habían enseñado que los hombres tenían que ser fuertes.

Se preguntó si aún podría tener algo más en su vida. Pero sabía que no le convenía soñar con cosas que no podía tener.

Iba a casarse. De hecho, ya estaban preparando las cosas, pero no iba a ser una boda por amor. Sabía que su esposa le proporcionaría placer y consuelo, pero nada más. No sería una unión basada en la atracción ni en ninguna otra emoción tan volátil como esa porque sabía que esos matrimonios fracasaban. Era algo que había visto en sus padres.

Iba a casarse para asegurar su descendencia y por la estabilidad de su nación. Quería reforzar el prestigio y la reputación de su familia para contrarrestar los últimos años de escándalos. Su esposa había sido elegida por su belleza, su docilidad y por proceder de una de las familias más poderosas y ricas de Tarakhar.

Sabía que su vida no sería escandalosa y que sus hijos no sufrirían por culpa de unos padres indignos o negligentes. Tendrían una madre hermosa, tranquila y respetable. E iban a contar con el apoyo incondicional y la protección de su padre.

Sabía que debía casarse, pero eso no apaciguaba el deseo que sentía por Cassie.

Le acarició el pelo. Había algo en esa mujer extranjera que no tenía la joven con la que iba a casarse. Necesitaba tiempo para disfrutar de ella, para saborear su cuerpo y explorar cada centímetro de su piel. Sonrió y la abrazó.

No pensaba despertarla para hacer el amor con ella, pero tenía la intención de hacerlo más adelante. Iba a regresar con él a Tarakhar como su invitada y su amante hasta que desapareciera la pasión entre los dos.

Decidió que sería su última aventura antes de que comenzaran las negociaciones para su matrimonio. Sabía que la organización de la boda llevaría bastantes semanas. Tenía tiempo más que suficiente para saciar su atracción sexual y sabía que los dos iban a beneficiarse de ello.

Capítulo 11

NO, YA es suficiente! –exclamó Cassie al ver toda la ropa sobre la colcha–. Gracias, pero no puedo aceptar todo esto.

Habían ido dejando las prendas para que las viera. Había todo tipo de lujosas telas, colores y diseños.

La criada del palacio frunció el ceño al oírlo.

–¿Está segura, señora? Todavía he de enseñarle más ropa.

–Muy segura –repuso ella con una sonrisa para que no pensara de ella que era ingrata–. Todo es precioso, pero es más de lo que necesito. Mucho más.

Era mucho más bonito que las prendas de algodón y los pantalones vaqueros que había metido en su mochila para su viaje a Tarakhar. Iba a trabajar de voluntaria, no podía llevar esas ricas túnicas de gasa bordadas con lentejuelas y gemas de todos los colores.

Tenía otras razones para no aceptar esos regalos. Le recordaban a la vida que había llevado su madre, gastándose en las tiendas el dinero que le daban sus ricos amantes. Era como si tratara de llenar con ropa y joyas el vacío que había en su vida.

–Solo necesito un par de cosas, de verdad –le explicó Cassie a la criada.

Se había aseado en una bañera de mármol del tamaño de una piscina, la habían masajeado con esencia de rosas, como si fuera una princesa de las mil y una noches, y llevaba puesto un caftán de la seda más fina, pero ella sabía que no encajaba en ese lujoso palacio.

Aunque Amir le había dicho quién era desde el principio, no le había impresionado tanto mientras duró su encierro en el campamento, pero era distinto verlo de vuelta en su país. Los criados del palacio se inclinaban a su paso y había podido ver la emoción de la gente en la calle cuando los vieron pasar en un lujoso coche.

Un equipo médico los había recibido nada más cruzar la frontera desde Bhutran. Le había bastado a Amir con realizar una llamada de teléfono después de que pasaran las montañas para tener ese equipo de profesionales esperándolos. Y todo para que la examinaran.

Le había emocionado mucho que se mostrara tan considerado. Recordó cómo se había vuelto hacia él para acariciarlo, pero se había detenido al ver su gesto frío y cómo los observaban sus sirvientes. Amir ejercía su autoridad desde la distancia y se mostraba así incluso con ella.

O quizás fuera así especialmente con ella.

Era como si ya no existiera el hombre con el que había pasado la noche.

Había estado muy distante y frío esa mañana. Le dolía verlo así, pero una parte de ella pensaba que quizás fuera lo mejor para los dos. Sabía que esa noche de pasión había sido una locura.

Creía que debía agradecerle que le ayudara a superarlo y olvidarlo, pero no se sentía agradecida, sino abandonada. Y no le gustaba sentirse así. Se recordó que debía ser fuerte.

Se había esforzado por mantener la cabeza bien alta cuando Amir la llevó a su palacio. A pesar de ir cubierta en la polvorienta capa que la había abrigado durante días, entró en el lujoso edificio de mármol como si fuera una reina.

Pero cuando por fin se vio en la maravillosa suite donde iba a alojarse, dejó de fingir.

−¿Se encuentra bien, señora? −le preguntó la doncella al ver que Cassie se sentaba en una silla.

–Estoy bien. Solo algo cansada, nada más. Me ha venido bien el baño.

–Me alegro. Su Alteza desea que pueda descansar.

La doncella le hizo un gesto a otras dos criadas para que le abrieran la cama.

–Si me lo permite, señora, dejaremos una selección más pequeña de ropa en el vestidor. Cuando haya descansado, podrá elegir más cómodamente las prendas con las que quiere quedarse.

–Gracias –repuso Cassie agradecida.

Se le había pasado por la cabeza que Amir le estuviera pagando por sus servicios con toda esa ropa tan cara y exclusiva. Sabía que era una idea descabellada, pero muy inquietante.

–¿Necesita algo más?

–No, gracias.

Tenía muchas cosa que hacer, como llamar a su embajada para reemplazar el pasaporte que había perdido, acceder a su cuenta bancaria y llamar a su contacto en el programa de voluntariado para decirle dónde estaba. Pero, de momento, estaba demasiado cansada.

–Creo que necesito descansar.

Suspiró cuando por fin se quedó sola. Estaba a salvo y muy bien atendida, no sabía por qué se sentía tan desolada, como si hubiera perdido algo. Como si hubiera perdido para siempre al hombre que había sido su amante durante muy poco tiempo.

Había compartido cosas con él que ni siquiera podría haber imaginado.

Supuso que era normal que se sintiera así. Después de todo, era su primer amante. Apenas había tenido tiempo de asimilar lo que había pasado antes de que la sacara de la tienda para atravesar con él las montañas y recuperar su libertad.

Supuso que era mejor así, actuar como si nada hubiera pasado. Era lo que hacía Amir.

Se cruzó de brazos y fue hasta la ventana.

Recordó que había sido ella la que había iniciado el sexo con él, lo había deseado. Había sido el antídoto perfecto para la tensión que había acumulado durante una semana y una manera de superar el miedo que siempre había tenido a ese tipo de intimidad.

Por eso no entendía que se sintiera tan mal, que anhelara tanto estar con él o que al menos la mirara con ternura y una sonrisa. Creía que debía agradecerle que todo hubiera terminado y que Amir no hubiera insistido más.

Pero le bastaba con pensar en él para quedarse sin aliento. Se apoyó en el marco de la ventana. Durante un segundo, se permitió el lujo de imaginar cómo sería poder ser su pareja, algo más que una amante o una aventura de una sola noche.

–¡No! –exclamó en voz alta.

Se dio la vuelta y decidió salir al jardín. Tenía que recordar que era una mujer fuerte e independiente. No podía dejarse llevar por ese tipo de sueños tontos.

Ya había anochecido cuando Amir fue en su busca. Se le había hecho un nudo en el estomago al ver que Cassie no estaba en su dormitorio. Pero la puerta estaba abierta y supuso que habría salido al jardín.

Cuando la encontró dormida y a salvo, trató de convencerse de que solo había estado preocupado porque ella era su invitada, su responsabilidad.

Y su amante.

No podía dejar de mirar sus curvas. Se había quedado dormida en un diván que había en ese pabellón privado de los jardines. El aire olía a rosas y Cassie dormía con una mano bajo la mejilla, una mezcla de inocencia y seducción.

Cerró la puerta y fue hacia ella.

De regreso en su país, lo habían absorbido mil asuntos relacionados con el gobierno de la nación. Se había encargado de acuerdos, agendas y anotaciones. Se había reunido con sus ministros y solventado algunos problemas.

Pero Cassie no había desaparecido ni un momento de su cabeza. Había sido muy difícil controlar el impulso de dejarlo todo e ir a verla.

Creía que estaba obsesionado porque era el principio de esa relación, con ella todo era nuevo. Pero lo cierto era que nunca se había sentido así con ninguna mujer.

Se sentó en el diván y apoyó un brazo en la cadera de Cassie. Con la otra mano, dibujó un círculo alrededor de su pezón, apretándolo después delicadamente. Se contrajo al instante y recordó cómo había sido tenerlo entre sus dientes la noche anterior.

Sonriendo, se acercó y lo atrapó con sus labios.

Ella se movió y abrió los ojos medio dormida.

Amir estaba allí, con ella. No podía creerlo. Sentía calor por todo el cuerpo, sabía que era la realidad, no un sueño.

–¡Amir! –exclamó–. ¿Qué estás haciendo? ¡Podría vernos alguien!

Se incorporó y lo empujó para apartarlo.

–Nadie va a entrar, *habibti*, no sin mi permiso. Esta parte del palacio es para mi uso personal.

Frunció el ceño. Le sorprendía que se mostrara de repente tan interesado en ella.

–En cuanto a lo que estoy haciendo, estaba acariciando a mi amante –añadió sonriendo.

Se quedó sin aliento al oír cómo la llamaba, pero recordó lo distante que había estado todo el día, como si no hubiera pasado nada la noche anterior. No podía evitarlo, estaba dolida.

No pudo evitar comparar su situación con la de su madre y no le gustaba.

–No soy tu amante.

Amir se puso en pie. Estaba muy guapo. Llevaba pantalones oscuros y una camisa a medida. Se había enrollado las mangas hasta el codo y llevaba desabotonado el cuello de la camisa.

–¿No lo eres? –le preguntó Amir mientras se le acercaba.

–Hemos pasado una noche juntos. Eso es todo.

Trató de convencerse de que eso era todo lo que quería. No le convenía acostumbrarse a ese tipo de placeres embriagadores, creía que era demasiado peligroso y adictivo.

Amir se le acercó aún más. Su cuerpo reaccionó al instante, traicionándola.

Estaba muy excitada, no podía negarlo ni ocultarlo.

–¿Por qué no íbamos a compartir más de una noche? –le preguntó Amir.

No quería hacerlo porque ese hombre había puesto su vida patas arriba y le hacía anhelar cosas que no podía tener y que no había echado de menos hasta entonces. Pero no podía decírselo.

Temía que, cuanto más tiempo pasara con él, más difícil iba a ser la separación. Hacía que sintiera vulnerable.

–Esta mañana no estabas tan interesado en mí –protestó ella.

Le hablaba con calma, pero tenía el corazón roto.

–Ni me hablaste, ni me miraste. ¡No sabía si iba a volver a verte!

Esa posibilidad le había asustado más de lo que quería admitir.

–Cassandra... –le susurró con voz seductora–. Lo siento.

Levantó la mano para acariciar su mejilla, pero se contuvo.

–Quería protegerte de los rumores para que pudieras estar cómoda. Los que me acompañaron al campamento saben que Mustafá te entrego a mí para que fueras mi esclava sexual. No quería que se corriera la voz. Le dije a Faruq que eres mi invitada. Mi intención hoy era tratarte con respeto en público para que todos hicieran lo mismo.

–¿En serio? –preguntó sorprendida.

A ella le había dado la sensación de que se avergonzaba de ella y le costaba creer que había tratado de protegerla.

–Tarakhar es un país de gente buena y trabajadora, pero les importa demasiado la reputación. Es muy importante para ellos. Créeme, sé muy bien de lo que hablo –le dijo Amir–. Además, lo que hay entre nosotros es privado, no le interesa a nadie.

El brillo de sus ojos era casi irresistible y sintió que le daba un vuelco el corazón.

–Podrías haberme dicho algo, haberme explicado por qué te estabas comportando así.

–La verdad es que me daba miedo acercarme a ti porque el ansia por tocarte, besarte y abrazarte me ha torturado durante todo el día –le confesó Amir.

Le emocionó ver que hablaba con sinceridad. Sabía que era mejor no ir más allá y dejar las cosas tal y como estaban, antes de que fuera demasiado tarde, pero quería más, necesitaba estar con él.

–Me cuesta imaginarte asustado.

–A ningún hombre le gusta perder el control, sobre todo a alguien como yo. Y tú, *habibti*, eres demasiado peligrosa para mí.

Vio que le temblaba la mano que tenía aún en el aire, cerca de su cara. Ella estaba igual. Su cercanía le afectaba más de lo que habría creído posible.

Sintió en ese momento un gran alivio. Desaparecieron la tensión y las dudas. Vio que era mutuo, que Amir la deseaba tanto como ella a él.

—Te deseo, Cassie —le dijo Amir—. ¿Me sigues deseando tú?

En silencio, asintió con la cabeza.

—Entonces, ¿por qué no seguimos compartiendo esta pasión?

Sus ojos brillaban con fuerza, recordándole el deseo que la había consumido la noche anterior. Un escalofrío recorrió su cuerpo, pero no sabía si era buena idea dejarse llevar por la pasión.

Se dio cuenta de pronto de que, durante todos esos años, no había sido tan fuerte como pensaba, sino que había vivido presa del miedo. El pasado había dictado su vida. Había estado tan obsesionada con no repetir los errores de su madre que se había negado su propia sexualidad.

Amir le ofrecía placer y respeto entre los dos.

—He venido a Tarakhar para hacer algo, no puedo olvidarlo —le dijo ella.

—Pero no hay prisa —repuso Amir—. Además, necesitarás algún tiempo para hacer gestiones y conseguir un nuevo pasaporte. Puedes quedarte tanto tiempo como desees.

Se quedaron en silencio.

—Me gustaría quedarme —reconoció ella.

Sintió un gran alivio al sentir el calor de su mano en la mejilla y se quedó sin aliento al ver una sonrisa en su cara.

Amir la tomó entonces entre sus brazos, aplastando su cuerpo contra el de él y besándola tan apasionadamente que no pudo pensar en nada más.

A Cassie le dio la impresión de que habían pasado horas cuando se vio satisfecha y feliz en los brazos de Amir. Los cojines del diván estaban en el suelo, igual que la ropa de los dos.

Pero allí, entre los brazos de su amante, se sentía tranquila y dichosa.

Parte de ella no estaba muy segura de lo que estaba haciendo, pero algo le decía que había tomado la decisión correcta. Siempre había dejado que el instinto la guiara y esperaba que esa vez no la estuviera llevando por el camino equivocado.

Sintió cosquillas en la cintura y tardó unos segundos en darse cuenta de que era Amir, acariciando su piel. Medio adormilada, abrió los ojos. Vio que él jugaba con la cadena que aún rodeaba su cintura.

–Me prometiste que me ayudarías a deshacerme de ella en cuanto saliéramos del campamento.

–¿Sí?

Vio que parecía muy concentrado mientras acariciaba la piel de su cintura por debajo de la cadena. Le parecía imposible que pudiera despertar tan fácilmente su deseo cuando acababan de hacer el amor de manera apasionada, pero no podía controlarlo.

–Sí, me lo dijiste.

Amir suspiró y la miró a los ojos.

–De acuerdo, como quieras –le dijo con poco entusiasmo.

–¡Te gusta! –exclamó al darse cuenta de lo que pasaba–. Te gusta verla ahí, ¿verdad?

–Bueno, acentúa tu cintura y tus curvas –se defendió Amir–. Es muy sexy.

–Es una cadena de esclava, simboliza que no soy una mujer libre, que soy...

–Que eres mía –terminó Amir por ella–. No te preocupes, Cassie. Entiendo cómo te sientes. Sé que no es políticamente correcto, pero me encanta la idea de que, al menos de momento, seas mía. Y no a la fuerza, sino porque tú así lo has querido.

Sorprendida, lo miró a los ojos.

–¿Cómo te sentirías tú si te atara a mi cama para que no pudieras escapar? –le preguntó ella.

Vio que miraba con deseo su boca y después sus pechos. Tenía una pícara sonrisa en los labios. No pudo evitar que se le acelerara el pulso como si Amir acabara de acariciar las zonas más erógenas de su cuerpo.

–No sé, nunca lo he hecho –le susurró Amir–. Pero creo que me gustaría hacerlo contigo.

Se estremeció al oírlo. Era excitante sentirse tan deseada. Incluso el hecho de que él hablara de poseerla, algo de lo que siempre había huido, conseguía conmoverla.

Con Amir era diferente, con él sentía que era ella la que elegía libremente ser su amante.

Ver cuánto la deseaba le había dado una sensación de poder que era nueva para ella.

Pero si iba a ser la amante de ese hombre, iniciaba un camino hacia lo desconocido. Sabía que no podía echarse atrás, la atracción y su necesidad de él eran demasiado fuertes.

–Veo que lo entiendes –le susurró Amir contra su boca.

Comenzó a besarla sensualmente, pero se apartó de ella demasiado pronto.

–¡La cena! –le dijo entonces–. Seguro que la han servido hace tiempo. Vamos a comer, tenemos que recuperar las fuerzas. Después, buscaré algo para cortar la cadena.

Capítulo 12

AMIR y Cassie jugaban al ajedrez sin soltarse las manos. Él conseguía distraerla con una leve caricia o una mirada.

Todo estaba en silencio. Casi como si estuvieran solos esa noche en el inmenso palacio.

A Cassie le encantaban esos momentos, las horas que compartían juntos después de un largo día de trabajo para Amir, cuando iba a buscarla para hacer el amor y estar con ella.

El sexo era cada vez más increíble. Con él, había aprendido a saber lo que quería su propio cuerpo y a disfrutar al máximo. Pero le gustaban más aún esos momentos cuando, ya saciado su deseo, se limitaban a descansar relajadamente. También eso era nuevo para ella.

Solían jugar al ajedrez o hablar de cualquier cosa, ya fuera de política, urbanismo, del teatro o de la música. Algunas veces nadaban a la luz de la luna en la piscina privada de Amir.

Una vez, él la había llevado a un mirador desde donde se veían todas las luces de la capital. De vuelta al palacio, le había encantado ver los mercados nocturnos, llenos de gente, sonidos y colores. Decidió que tenía que ir a verlo durante el día.

Amir levantó su mano y le dio un tierno beso.

–Jaque –susurró entonces.

–Estás tratando de distraerme para poder ganar la partida –protestó ella riendo.

Amir levantó las cejas al oírlo, fingiendo sorpresa.

–¿Crees que funcionará? –le preguntó él.

–Por supuesto que no –repuso mientras se enderezaba y apartaba la mano–. Hoy he hablado con mi contacto en el programa de voluntariado. Les he dicho que no estoy lista aún para ir a la escuela.

–Estupendo.

Amir se levantó para sentarse a su lado y rodeó su cintura con el brazo. Llevaba algún tiempo diciéndole que no debería irse aún de allí y ella había estado de acuerdo. No porque no se hubiera recuperado de la traumática experiencia, sino porque no quería dejarlo.

–Pero me han dicho que también hay trabajo que hacer aquí, en la ciudad. Mañana voy a empezar a dar clases de inglés a un pequeño grupo.

–¿Mañana? ¡Imposible!

–¿Por qué? –le preguntó ella.

–Has tenido una experiencia muy dura, tienes que descansar.

Cassie sonrió y le acarició con ternura la cara.

–Pero tú me has ayudado a superarla. Estoy bien, Amir, y lo sabes.

–No entiendo que quieras ir. No puedes quererlo.

–Claro que quiero ir, Amir. Aquí no tengo nada que hacer.

–¿No soy suficiente para ti? –protestó Amir.

Frunció el ceño al ver que hablaba en serio y tuvo que contener su enfado.

–Solo te veo por la noche, Amir. Eso es todo. Durante el día, no tengo nada que hacer, ninguna ocupación ni nadie con quien hablar. Tu personal es amable, pero no es lo mismo.

Le dolía ver que Amir quería tenerla a su entera disposición. No pudo evitar pensar en su madre, que había vivido exclusivamente para atender los deseos de los hombres.

–Tú no renuncias a tu trabajo para pasar más tiempo conmigo.

–No, por supuesto que no –le dijo Amir algo más tranquilo.

–Y lo entiendo, no espero que lo hagas –repuso ella.

Amir cubrió con su mano la de Cassie, que seguía acariciándole con ternura la mejilla. Se deleitó en la sensación de tenerla contra su piel, allí, donde él quería tenerla.

«Donde la necesito», pensó entonces.

No entendía qué le pasaba. Después de todo, era Amir ibn Masud al-Jaber. Él no necesitaba a nadie. Nunca lo había hecho.

Pero sabía que se estaba engañando. En ese momento, necesitaba las caricias de Cassie, su consuelo y su calor. Nunca había necesitado a nadie, hasta ese momento.

Fue una gran conmoción darse cuenta de lo que sentía. Respiró profundamente. No le había impresionado que ella quisiera trabajar, sino la fuerte reacción que acababa de tener él.

Nunca había sentido posesión hacia otra persona. Aunque presumía de ser un hombre civilizado y moderno, esa reacción le decía lo contrario.

–¿Es importante para ti? –le preguntó entonces algo más tranquilo.

No podía dejar de admirar la fuerza y la pasión que había en los ojos de Cassie. Era una de las cosas que más le gustaba de ella.

–Por supuesto, es la razón por la que vine a Tarakhar. Quiero hacer algo útil. Me encanta actuar, pero me he dado cuenta de que no es suficiente. Quiero hacer algo más tangible y productivo, algo que tenga un efecto real en la sociedad, al menos durante un tiempo.

Pensó entonces en las mujeres que había conocido. Todas lo habían perseguido por su posición económica, deseando vivir una existencia llena de lujos superfluos.

–Quieres dejar tu marca, ¿no?

–Sí, supongo que es algo así. Solo quiero contribuir un poco más. Me gusta la idea de ser parte de algo que es más grande e importante que yo –repuso Cassie.

Recordó entonces lo que le había contado sobre su infancia. Sus padres no la habían querido. Le había hablado de sus amigos y suponía que tenía muchos, pero ninguno especialmente cercano. Se preguntó si quería colaborar en ese programa para ser parte de algo o porque quería sentirse necesaria. No lo tenía claro. Pero, fuera lo que fuera, lo único que sabía era que Cassie se estaba convirtiendo en una persona muy importante para él. No podía dejar de pensar en ella y le costaba concentrarse en su trabajo. Y no se trataba solo del sexo y la atracción que sentía por Cassie, también disfrutaba mucho de su compañía y le gustaba cómo le hacía sentir.

Pero le preocupaba el giro que estaba tomando las cosas y pensó que quizás fuera bueno para los dos que Cassie estuviera ocupada con las clases. No quería que ella se hiciera una idea equivocada y pensara que pudiera llegar a tener un lugar permanente en su vida.

Lo que tenían era perfecto, pero no podía durar. Lo tenía muy claro. Compartían momentos de placer mutuo sin condiciones ni compromisos. Una voz en su interior le decía que podía llegar a querer más, pero prefirió ignorarla.

–¿Qué es importante para ti, Amir?

Sorprendido, levantó la vista y la miró; parecía muy seria.

–Es la primera vez que me lo preguntan.

De hecho, ni siquiera se había hecho él mismo esa pregunta. De pequeño, había querido sobre todo lo que echaba de menos, que lo quisieran. Durante su adolescencia, lo único que le había importado era demostrar su valía y hacerse un hueco en Tarakhar, donde por fin había descubierto la estabilidad y el honor y donde tenía un hogar, aunque había sido muy duro tener que hacer frente a las críticas y los prejuicios de los demás.

Se le ocurrió que los dos habían tenido vidas muy similares y los dos habían tenido infancias dolorosas. Pero creía que él había sido capaz de superarlo. Le parecía que a Cassie, en cambio, seguían persiguiéndole las sombras de su pasado.

Cassie observó a Amir. Estaba muy serio y callado. Se preguntó en qué estaría pensando.

–Deja que trate de adivinar qué es importante para ti –le dijo ella mientras movía una de las piezas–. Ganar cuando juegas al ajedrez.

–Ganar en todo –le confesó él.

–¿En serio?

Amir asintió con la cabeza.

–Si haces algo, hay que hacerlo bien.

No pudo evitar pensar en lo que habían estado haciendo media hora antes. Amir se concentraba en todo lo que hacía, también cuando se trataba de darle placer. Y no se cansaba hasta que ella gritaba fuera de sí. Si así era como pensaba, no le extrañó que fuera tan buen amante.

–¿Qué más? –le preguntó ella con un nudo en la garganta.

–También me importa mi pueblo, mi país.

–Pero no siempre fue así, ¿verdad? Me dijiste que pasaste una época algo rebelde, ¿no?

–Era joven, impaciente y tenía otros intereses. Al principio, traté de ser el mejor en todo. Trabajaba el doble que los demás para demostrarles que no era como mis padres, pero seguían pensando que me transformaría en alguien tan irresponsable como mi padre.

Cassie sabía de qué hablaba. Había sufrido mucho en el colegio por culpa de la vida que había llevado su madre. Los niños habían sido muy crueles con sus comentarios.

—Así que acabé cansándome. Y, como era lo que esperaban de mí, les di esa satisfacción.

—¿Qué hiciste?

—Me dediqué a disfrutar de los placeres de la vida, yendo de fiesta en fiesta y de borrachera en borrachera. También me dio por el juego y excesos de todo tipo.

—¿Y qué pasó después para que decidieras cambiar?

—Eres muy persistente, ¿lo sabías? —comentó Amir mientras tomaba su mano y la besaba.

—Me interesa, quiero saber lo que hiciste.

Ella era la primera sorprendida al darse cuenta de que quería conocerlo mejor.

—Al principio, fue muy excitante y divertido —le dijo Amir—. Pero una mañana me desperté con una mujer de la que ni siquiera me acordaba. Era una joven que había pasado multitud de veces por el quirófano para perfeccionar su cuerpo, tenía una sonrisa de plástico y una risa estridente que habría vuelto loco a cualquiera. Era superficial y muy frívola. No sabía dónde estaba, ni siquiera en qué país. No podía recordar lo que había hecho durante toda esa semana, pero fui muy consciente en ese momento de cuánto me aburría esa vida. Me miré en el espejo esa mañana y vi en él el reflejo de mi padre.

—¿No te gustaba tu padre? —le preguntó ella mientras pensaba que a ella le había pasado lo mismo.

—Hay que conocer a alguien para saber si te gusta o no —repuso Amir—. Mis padres no dejaron nunca de ser dos desconocidos para mí. Si tenía suerte, me dejaban al cuidado del personal en todos los hoteles donde nos alojábamos. Otras veces, nadie me atendía.

Se le encogió el corazón al oírlo. Vio que Amir volvía a concentrarse en su mano, acariciando cada uno de sus dedos lentamente. Era una sensación muy erótica, pensó que estaba tratando de distraerla para que no le hiciera más preguntas, pero su plan no funcionó. Esperó pacientemente a que le siguiera contando cómo había sido su infancia.

—Creo que el primer recuerdo que tengo es de mí en la habitación de un hotel. Había una criada a mi cuidado, pero no la conocía de nada y hablaba en otro idioma. A mis padres los habían invitado a un fin de semana en los Alpes y no se dieron cuenta de que me habían olvidado en Río de Janeiro hasta que alguien los llamó cuando aterrizaron en Suiza.

—¿Qué? ¡Dios mío! —exclamó atónita mientras tomaba la mano de Amir entre las suyas—. ¿Cuántos años tenías?

—No lo sé. Tres, tal vez cuatro...

Se sentía indignada y angustiada. Le habían robado la infancia.

—No pasa nada, Cassie —repuso él acariciando su mejilla—. Sobreviví y, cuando murieron mis padres, me vine a vivir a Tarakhar con mi tío.

Pero sabía que su tío había sido muy estricto y lo había vigilado como un halcón, esperando que se convirtiera en alguien tan débil e irresponsable como sus padres.

Había tenido una infancia muy dura y se despertó en su interior un fuerte sentimiento. Necesitaba proteger al niño que Amir había sido.

—Después de mi temporada rebelde, volví a Tarakhar —continuó Amir—. No porque me lo ordenaran, sino porque lo último que quería era convertirme en alguien como mi padre. Y también porque quería estar al frente de este país, servir de la mejor manera posible a sus gentes. Necesitaba un objetivo en la vida y estabilidad. Cambié tanto y lo hice tan bien que, cuando mi tío murió, el Consejo de Ancianos me eligió a mí para dirigir el país. Este es mi destino.

Dejó entonces de acariciar su mejilla y le sorprendió ver cuánto echaba de menos el contacto.

–Mis hijos tendrán un padre del que puedan estar orgullosos –le dijo Amir–. Y tendrá una madre respetable. No tendrán nada de lo que avergonzarse. Serán cuidados, queridos y aceptados por todos.

Envidió la certeza con la que hablaba. Aunque sabía que era absurdo, no pudo evitar desear que la mirara a ella cuando hablaba de su futura esposa y de sus hijos.

Eran pensamientos peligrosos y sabía que no debía dejarse llevar por ellos.

Amir sabía exactamente lo que quería. Lo había planeado todo. Ella solo sabía lo que no quería.

No quería vivir con alguien que no la respetara ni quería depender de los caprichos de un hombre que no la amara.

Gracias a Amir, sentía que empezaba a ser más positiva. Él le había ayudado a superar su miedo y disfrutaba mucho de su compañía. Era fuerte, noble y sincero. Sentía que podía compartirlo todo con él. Y era tan tierno que le había ayudado a descubrir el placer de una relación íntima.

Además, estaba ilusionada con las clases de inglés y con la posibilidad de mejorar la vida de otras personas.

Sentía que no podía pedirle más a la vida.

–Una cosa más, Alteza.

Amir notó algo distinto en el tono de Faruq y levantó la vista para mirarlo.

–Todo va según lo previsto en Bhutran, ¿no?

–Sí. Estamos trabajando para solventar la situación –le aseguró Faruq.

Sabía que hablaba de Mustafá. A pesar de las negociaciones y de las promesas de Mustafá, sus hombres habían continuado con las incursiones en Tarakhar.

Si llegaba a ser necesario, estaba dispuesto a poner fin a esas incursiones utilizando la fuerza, pero parecía que no iba a serlo. Empezaba a haber algunos cambios en Bhutran y el nuevo gobierno deseaba mantener la paz con sus vecinos. Estaba seguro de que se encargaría de imponer la ley en la región donde Mustafá campaba a sus anchas.

Amir había suministrado al nuevo gobierno de Bhutran la suficiente información sobre el tamaño y la ubicación del campamento de Mustafá. También le había ofrecido respaldo y ayuda si los necesitaba para deshacerse de ese grupo rebelde.

No faltaba mucho para conseguir que hubiera paz en la frontera de Tarakhar con Bhutran y eso le llenaba de satisfacción.

–Entonces, ¿qué es lo que te preocupa? –le preguntó a Faruq mientras se levantaba del sillón.

Había sido un día largo y estaba deseando ir a ver a Cassie. Le sorprendía ver que la fascinación que sentía por ella, lejos de disminuir, parecía ir en aumento.

–Se trata de la señorita Denison, Alteza.

Sus palabras consiguieron que le prestara más atención. No hablaba de ella con nadie.

–¿Qué pasa con ella?

–Me preguntaba cuánto tiempo va a pasar en la residencia, Alteza.

–Tanto tiempo como yo desee que se quede –repuso con firmeza.

–Por supuesto. Pero es que...

–¿Sí?

–Las negociaciones para los esponsales están a punto de concluir –le dijo Faruq–. La presencia de la señorita Denison en el palacio se ha convertido en un tema de especulación.

Amir se apartó de su mesa y comenzó a dar vueltas por el despacho.

—La señorita Denison es mi invitada. Se está recuperando de una experiencia muy dura.

—Por supuesto, Alteza —repuso Faruq con un tono poco convincente.

—¿Qué es lo que dicen de ella?

—Hay rumores. Creen que ella y usted...

No le extrañaba que hablaran de ellos. Era una mujer hermosa sin acompañante que se estaba alojando en su palacio, aunque tuviera sus propios aposentos al otro lado del gran edificio.

Además, era la primera vez que invitaba a una mujer a quedarse en su residencia.

Se le había pasado por la cabeza instalar a Cassie en un piso fuera del palacio, pero no le gustaba la idea, quería tenerla allí.

Llevaban poco tiempo juntos y quería estar con ella. Cassie lo llenaba en todos los sentidos, tanto física como intelectualmente.

—No me preocupan los rumores, tengo cosas más importantes en las que pensar. La señorita Denison es una invitada personal, no una figura pública.

—Por supuesto, Alteza —asintió Faruq sin moverse de su sitio.

—¿Qué pasa, Faruq? —le preguntó con impaciencia—. Será mejor que me lo digas.

—Me temo que no es tan simple, Alteza. Aunque sea su invitada personal, no es invisible. Con su aspecto, llama la atención donde quiera que vaya, sobre todo en la parte vieja de la ciudad. Se está convirtiendo en alguien muy conocido.

—¿De verdad? —le preguntó sorprendido.

—Sí. En lugar de mantener las clases en las instalaciones previstas, saca a sus alumnas de las aulas. Improvisa las clases en el mercado, en el parque, en la biblioteca y en la nueva galería de arte. ¡Incluso en la estación de tren!

Sonrió al imaginársela con sus alumnas en un andén.

No le sorprendía que Cassie hubiera preferido abandonar el aula para enseñarles su idioma en un ambiente real.

–No me parece que eso sea un problema.

–Las alumnas están entusiasmadas y las clases son muy populares. Pero cuando cuarenta personas se reúnen en una estación o en un edificio público, atraen mucha atención. La señorita Denison y sus estudiantes se están haciendo famosas.

–¿Cuarenta personas? Me dijeron que sería una clase bastante reducida para mujeres que no habían completado sus estudios. Pensé que serían seis o siete...

–La clase crece cada día. Están hablando de organizar más clases y de conseguir más profesores para repartir la carga –le contó Faruq–. Es una gran iniciativa, Alteza, pero así no va a conseguir que su presencia en palacio sea discreta. De hecho...

Frunció el ceño. Cassie estaba muy contenta con las clases. Le había hablado de ello, pero en términos generales. Era una sorpresa descubrir el éxito que estaban teniendo. Estaba completamente dedicada al proyecto y Amir sabía que sería muy beneficioso para su pueblo.

–De hecho, los rumores han llegado a oídos del padre de su futura esposa –continuó Faruq–. Nos ha expresado su preocupación y quiere saber cuánto va a prolongarse la... la situación.

–¿En serio? –comentó irritado.

Le parecía una osadía que ese hombre se atreviera a preguntarle algo así.

–Si alguien pregunta, la estancia de la señorita Denison es indefinida. No tiene nada que ver con las negociaciones para los esponsales. Se trata de un asunto estrictamente privado.

Capítulo 13

HE OÍDO que tus clases son un gran éxito.
Cassie se sobresaltó al oír la voz de Amir y se
dio la vuelta. Estaba atardeciendo y ella había
estado preparando la clase del día siguiente.

–¡Amir! ¿Qué haces aquí tan temprano? –le preguntó sin aliento.

Sabía que le hablaba como si esa visita sorpresa fuera lo más importante que le había ocurrido en todo el día. Y era verdad.

Sentía que cobraba vida cuando lo veía. Las clases la llenaban de satisfacción. Le gustaba estar con las otras mujeres y aprender cosas sobre esa fascinante ciudad, pero no tenía nada que ver con la emoción que sentía cuando por fin veía a Amir.

Y después de estar juntos, cada vez se le hacía más duro verlo marchar. Quería abrazarlo y pasar así toda la noche, despertar en sus brazos por la mañana. Nunca lo habría creído posible, pero echaba de menos la tienda que habían compartido y el poder despertar a su lado.

El palacio era tan grande que se había perdido en más de una ocasión tratando de encontrar a Amir. Siempre acababa encontrándose con el mayordomo que le decía, con exquisita cortesía, que el jeque no podía ser molestado.

–Vengo a verte, si te parece bien –repuso él.

Lo miró de arriba abajo. Llevaba una camisa blanca y vaqueros desgastados. Estaba guapísimo.

La dejaba sin aliento cada vez que lo veía y el corazón le latía más rápido.

–Por supuesto.

Vio cómo entraba e iba directo hacia ella. La levantó de su silla con facilidad y no tardó en estar entre sus brazos.

La besó entonces apasionadamente, con una mezcla de deseo y ternura que la dejaba sin aliento.

Aunque ya llevaban varias semanas juntos, seguía derritiéndose cuando la besaba así.

Y le encantaba cómo se sentía cuando la abrazaba. Amaba su fuerza y su ternura, amaba cómo se preocupaba por ella, amaba cómo la escuchaba...

Amaba...

Se apoderó de ella una idea que la dejó inmóvil y perpleja. Era una especie de revelación.

Sin aliento, se apartó de él y lo miró a los ojos. Se preguntó si Amir podría saber lo que estaba pensando.

No podía creerlo. El pánico la atenazó y dio un paso atrás, pero Amir la detuvo, agarrando sus brazos. Se aceleró aún más su pulso y sintió que le quemaban las mejillas.

–¿Cassie? ¿Estás bien?

Asintió con la cabeza. Desesperada, trató de convencerse de que estaba equivocada, no podía ser verdad. Sabía que lo deseaba. Eran amantes y se dijo que era el placer sexual lo que los mantenía juntos. Pero una voz en su interior le recordó que había algo más.

Acababa de darse cuenta. Amaba a Amir. Lo amaba...

–¿Cassandra? –le preguntó Amir preocupado mientras acariciaba su mejilla con ternura.

El corazón le dio un vuelco al oír su nombre completo. No dejaba de sorprenderle cómo le afectaba y se dio cuenta de que eso no iba a cambiar, nunca iba a dejar de quererlo.

Le costaba creerlo y aceptarlo, pero se había enamorado de Amir.

–Pareces distinta –le dijo entonces.

–¿Sí? –repuso con una sonrisa temblorosa–. ¿Será acaso por mi nuevo y elegante peinado? –agregó cómicamente para tratar de distraerlo.

Se había recogido el pelo rápidamente en una cola de caballo y sabía que se le habían escapado muchos mechones, pero era un peinado muy cómodo.

–Sin lugar a dudas, *habibti* –le dijo Amir mientras besaba su mano–. Eres la maestra más bella de toda la ciudad.

–¡Adulador! –protestó ella fingiendo que le molestaban sus halagos.

–No, lo digo de corazón.

Amir levantó su mano y apretó los labios contra su muñeca. Cassie se estremeció al sentir su calor. Se dio cuenta de que estaba completamente perdida y entregada a él.

–Quería hablar contigo de tus clases. Pero, antes, ¿tienes tiempo para una excursión? Hay algo que quiero mostrarte.

–Claro, me encantaría. ¿Adónde vamos?

–Es enorme –le dijo Cassie–. Debes de estar muy satisfecho.

Lo que más le gustaba era estar con Amir, pero estaba siendo sincera, la vista era espectacular.

Estaban en una loma desde la que se veía un gran canal cuyas curvas imitaban el sinuoso curso de un río. Habían colocado muchos árboles para dar sombra y otros estaban esperando a que cavaran más agujeros para ser plantados. Era fácil imaginar cómo sería el parque cuando lo terminaran.

–Lo que están construyendo allí es el nuevo hospital –le explicó Amir mientras lo señalaba con el dedo–. Más allá está el centro de investigación médica que terminamos el año pasado y, al otro lado, están las vías por donde pasará el tren ligero que dará acceso al recinto médico y a los nuevos parques.

Cassie vio que había quioscos de música, grandes zonas infantiles de juegos, un lago para nadar y otras muchas atracciones.

–Será un lugar perfecto para las familias –comentó ella.

Podía imaginarse allí, disfrutando de la risa de los niños, haciendo un picnic con su familia...

No podía creer que su mente la traicionara de esa manera. Cuando pensaba en esas cosas, era Amir el que imaginaba a su lado y eran los niños de ellos dos, fruto de su amor, con los que soñaba. Era absurdo. Ni siquiera sabía si Amir quería casarse y tener hijos.

–Me alegra que te guste, Cassie –le dijo él–. Ha sido uno de mis proyectos favoritos.

Cuando se dio la vuelta para mirarlo, vio que sacaba una bolsita de terciopelo de su bolsillo.

–Tengo algo para ti, *habibti* –agregó Amir abriendo su mano–. ¿Te gusta?

Era una gema en forma de lágrima de color violeta. Se quedó sin palabras al verla y asintió con la cabeza. Era una piedra bellísima que brillaba como si tuviera una luz en su interior.

Pero le pareció demasiado valiosa, como si hubiera formado parte de las joyas de su familia.

No pudo evitar pensar en los regalos que había recibido su madre. No eran prueba del amor que sentían por ella, sino una manera de pagar sus servicios. Se estremeció al pensar en ello.

–Parece muy caro, Amir. No puedo aceptarlo –le dijo con voz temblorosa.

Él levantó su barbilla hasta que Cassie lo miró a los ojos.

–Te honra tener tantos escrúpulos –le dijo Amir–. Pero no es una reliquia familiar ni nada parecido. Solo es una piedra bonita, una baratija que me llamó la atención.

–Eres muy amable, Amir, pero no puedo aceptarlo.

–No se trata de amabilidad. Lo vi y me recordó a ti, con su color y vitalidad.

Sus palabras eran como caricias que se acurrucaban dentro de su corazón anhelante.

–No aceptas nada de lo que te doy, solo el techo sobre tu cabeza y la comida. Rechazas todo lo que intento regalarte, aunque sea algo tan insignificante como un juego de ajedrez –le dijo Amir algo decepcionado–. Ni siquiera aceptaste la mayor parte del vestuario que te ofrecí para sustituir la ropa que perdiste.

–No pretendía ofenderte –le dijo ella al ver que parecía muy afectado.

–No lo has hecho –repuso Amir acariciando su mejilla con los nudillos–. Pero acepta esto y llévalo por mí, ¿de acuerdo? Me haría muy feliz.

–Es precioso... –le dijo con una gran sonrisa.

Decidió desterrar las sombras del pasado y centrarse en el hombre que amaba. Después de todo, no se trataba de una joya de gran valor como las que recibía su madre.

–Deja que te lo ponga –le pidió Amir.

La cadena del colgante era larga y la piedra le quedaba justo entre sus pechos. Tuvo que desabrocharse un par de botones más de su camisa de seda para que se pudiera apreciar correctamente. Afortunadamente, estaban completamente solos y nadie vio cómo Amir se inclinaba para besar la parte superior de sus pechos ni cómo ella lo abrazaba apasionadamente.

Amir besó una vez más la dulce piel de Cassie y centró con cuidado el colgante entre sus pechos. Quería que lo llevara siempre puesto. Y no solo porque valía una fortuna, sino porque le gustaba la idea de que llevara su regalo tan cerca del corazón.

–¿Lo llevarás siempre puesto? ¿Lo harás por mí? –le preguntó con emoción en la voz.

–Si quieres.

–Sí, quiero que lo hagas.

Cassie le dedicó una sonrisa que consiguió calentar su alma. Después, acarició su mejilla y sintió que el deseo se agitara en su interior. Pero era algo más que atracción física. Era algo nuevo, un sentimiento que crecía en su interior.

–¿Qué querías decirme sobre mis clases? –le preguntó Cassie entonces.

Pero no tenía ganas de hablar, trazó con un dedo la cadena de platino, acariciando suavemente sus pechos hasta el encaje del sujetador.

–¡Amir! –lo riñó Cassie riendo–. Eres incorregible.

–¿No querrás decir irresistible?

–Eso también.

Durante unos segundos, se quedó mirando sus ojos violetas. Había calidez en ellos, también felicidad y admiración. Hacía que se sintiera valorado, casi invencible.

Creía que cualquiera que viera cómo lo miraba, la confundiría con una novia el día de su boda, con los ojos llenos de sueños y la inocencia de alguien que descubre por primera vez la pasión.

Se quedó sin aliento al ver por dónde vagaba su mente. Si Cassie llegaba a casarse, lo haría con un hombre de su propia cultura, uno que le diera todo lo que ella deseaba y se merecía. Incluso amor, lo único que él no podría nunca dar a ninguna mujer. No sabía lo que era amar y no creía que fuera a sentir algo así por la mujer que habían elegido para que se convirtiera en su esposa.

Pero no soportaba la idea de que Cassie pudiera llegar a enamorarse de otro hombre.

Trató de calmarse antes de hablar.

–Me han dicho que tus clases son un gran éxito. Estarás orgullosa. Ha sido muy buena idea sacar las clases del aula –le dijo para pensar en otra cosa.

–Gracias. Estoy disfrutando mucho.

Amir acarició el valioso zafiro que le acababa de regalar. Sabía que era un instinto primitivo, pero le gustaba que lo llevara. Era como una marca que la señalaba como su mujer. Casi como había ocurrido con su cadena de esclava.

Su mujer...

Nunca se había sentido tan posesivo con ninguna otra y cada día la deseaba más.

–Pero quizás sea mejor que no salgáis del aula durante unas semanas. Otro profesor puede sacar al grupo de paseo por la ciudad –le dijo sin poder evitar sentirse algo culpable.

–¿Por qué? Los paseos les encantan, mis alumnas están entusiasmadas.

–Sí, pero Faruq me ha dicho que estás atrayendo mucha atención y cree que los periodistas comenzarán a husmear muy pronto para ver quién eres. Mi personal es discreto, Cassie, pero sé que la prensa conseguiría descubrir que pasaste una semana como mi esclava sexual.

–¡Pero no hice nada!

Le angustió verla tan dolida y se dio cuenta de que él era el culpable de su sufrimiento.

–Los dos sabemos las circunstancias, pero imagina las historias tan jugosas que podrían contar cuando supieran que fuiste entregada a mí como un regalo y que compartimos una tienda.

Sabía que no tardarían en publicar lo que ya se rumoreaba, que Cassie era su amante y vivía en el palacio real.

–Bueno, supongo que tienes razón, me lo pensaré –susurró Cassie.

Le dolía verla así. Una vez más, se dio cuenta de que

era una mujer única y solo tenía una cosa en mente, pasar todo el tiempo posible con ella, posponer el final todo lo que pudiera.

Iba a casarse con la mujer con la que su país esperaba que se casara, la que había obtenido la aprobación del Consejo de Ancianos, la que le daría herederos y la estabilidad que necesitaba.

Pero sabía que nunca iba a desearla tanto como deseaba a Cassie.

Aunque no habían salido del aula, a Cassie le pareció que la clase de esa tarde había ido bien. Las alumnas habían mostrado el mismo entusiasmo de siempre, pero ella se había sentido acorralada e inquieta.

Amir había conseguido convencerla y ella también quería evitar que la prensa hablara de ella, sobre todo si iban a decir que había sido su esclava sexual. No se le ocurría peor insulto para ella, que aún arrastraba la vergüenza de la vida que había llevado su madre.

Cuando llegó al palacio, entró algo más tranquila, no quería pensar más en ello. Entró por la puerta principal, nunca había estado allí y se quedó inmóvil al ver el esplendor del gran vestíbulo. Tenía un techo abovedado con un gran mosaico dorado y azul. El suelo de mármol tenía incrustado un intrincado diseño geométrico y la rodeaban muebles antiguos, alfombras de seda y enormes jarrones con flores exóticas.

Un ejército de personal estaba trabajando bajo la dirección del mayordomo mayor. Se acercó a él para pedirle que le dijera cómo ir a sus aposentos. Era el único empleado de Amir que hacía que se sintiera algo incómoda, pero necesitaba su ayuda.

–Señorita Denison –la saludó con una reverencia–. ¿Cómo está?

–Muy bien. Gracias, Musad. ¿Y usted?

–Bien, gracias –repuso el hombre con frialdad–. ¿Puedo ayudarla en algo?

–Sí, voy a necesitar que me indique cómo volver a mis habitaciones o me perderé.

–Por supuesto. No es fácil llegar al harén desde las zonas públicas, de eso se trata.

–¿Harén? –repitió perpleja sin poder creer lo que le decía.

–Así se llama el lugar donde viven las mujeres del rey –le explicó mientras avisaba con un gesto a uno de los criados que estaba limpiando una gran lámpara de cristal.

Su explicación le preocupó más aún. No sabía si se refería a las parientes del monarca o a concubinas que vivían allí encerradas para satisfacer los deseos sexuales de su esposo.

–Están de limpieza general, ¿no? –le preguntó a Musad para cambiar de tema.

–Los preparativos para la celebración nos llevarán semanas de trabajo –repuso el mayordomo.

–¿Qué celebración?

Musad levantó rápidamente la cabeza al oír su pregunta y la miró sin saber qué decir. No entendía por qué reaccionaba así.

–La acompañaré yo mismo a sus aposentos –le dijo mientras hacía otro gesto al criado para que siguiera trabajando en la limpieza de la lámpara.

Le intrigó que hubiera cambiado tan súbitamente de opinión, pero no dijo nada. Lo siguió por los pasillos y salones mientras él le hablaba de la edad de las pinturas murales y de las joyas incrustadas en las paredes.

Cada salón era más espléndido que el anterior. Hasta ese momento, no había sido consciente de lo increíblemente rico que era Amir. Vivían en dos mundos completamente distintos y se dio cuenta de que había sido absurdo soñar con que ellos dos pudieran...

Una voz en su interior le recordó que había sido una ingenua al enamorarse de un rey, un hombre que era completamente inalcanzable. Pero no perdía la esperanza.

–No me ha contestado aún, Musad –la interrumpió entonces–. ¿Qué celebración están preparando?

Musad se detuvo y la miró con seriedad. Casi le pareció que la miraba con compasión.

–Se trata de un acontecimiento real –murmuró Musad lentamente–. La celebración del compromiso formal de nuestro jeque.

–¿El compromiso oficial...? –repitió sin aliento.

Desesperada, buscó a tientas una columna donde apoyarse. Le temblaban las piernas.

–Sí, nuestro jeque va a casarse con una mujer que procede de una de las familias más prominentes de Tarakhar.

Musad le hablaba como si le desagradara tener que darle la noticia.

Sintió que su pulso se hacía más lento y pensó que iba a desmayarse. Todo giraba a su alrededor y sintió náuseas. No podía creerlo.

Amir iba a casarse y la fiesta de compromiso era inminente. Había estado planeando su boda mientras ella estaba viviendo allí como si fuera... Como si fuera su querida, su mantenida...

Sus frágiles sueños se hicieron añicos en un momento y sintió un inmenso dolor en su corazón.

Capítulo 14

¡CÓMO he podido ser tan tonta! –exclamó Cassie mientras daba vueltas por su habitación.

La ira iba dominándola poco a poco, tenía la esperanza de que sirviera para aliviar el enorme dolor que llenaba su alma, el vacío que había dejado la esperanza y la felicidad.

Amir no le había prometido nada ni ella se lo había pedido. Pero había creído que su relación era especial y que, con el tiempo, Amir llegaría a sentir lo mismo que ella.

Acababa de descubrir que él no había sido sincero. La había tenido alojada en su harén mientras organizaba su boda con otra mujer. No había sentido nunca un dolor tan grande.

Se mordió con furia los nudillos para ahogar un grito de angustia. Se sentía traicionada y sucia. Ella se había entregado por completo a él y Amir había hecho que se sintiera como su madre.

No le extrañó que Musad la hubiera mirado como lo hizo, no habría sido plato de gusto para él tener que ser el que le diera la noticia. Al menos había tenido la decencia de hacerlo en privado.

No podía creer que Amir hubiera jugado así con ella. Había pensado que tenían una conexión, algo especial entre los dos además de la pasión. Amir la había respetado y protegido, pero se dio cuenta de que todo había sido una mentira.

Recordó entonces cómo habían admirado sus alumnas el colgante que le había regalado Amir. Una mujer le había dicho que era un zafiro y uno muy valioso que solo podía encontrarse en una recóndita mina de Tarakhar. Le había dicho que valía una fortuna.

Ella había sonreído, pensando que estaba equivocada, pero sin querer corregir su error. Después de saber que todo había sido una mentira, se preguntó si también la habría engañado diciéndole que el colgante era una mera baratija. Se le llenaron los ojos de lágrimas al darse cuenta de lo que significaba esa joya, un pago por los servicios prestados.

Él le había proporcionado la ropa que llevaba, incluso la más íntima, nunca había vivido en un sitio tan lujoso como ese dormitorio, pero Amir solo la visitaba de noche y nunca la invitaba a salir durante el día. Era como si se avergonzara de ella.

Le pareció todo tan obvio que le resultó increíble no haberse dado cuenta antes de lo que pasaba. Quería llorar, pero sabía que tenía que ser fuerte. No podía permitir que siguiera tratándola como si fuera una prostituta mientras planeaba su futuro con otra mujer.

Sintió que se ahogaba, necesitaba aire.

Fue deprisa hacia las puertas que daban al jardín privado. Mientras iba hacia allí, se arrancó el colgante que le había regalado y lo tiró al suelo.

Amir abrió la puerta del dormitorio de Cassie con el corazón a mil por hora. Había conseguido terminar antes ese día y tenía una sorpresa para ella, un picnic mientras veían la puesta de sol.

Le encantaba hacer esas cosas y ver cómo se iluminaba su rostro. Estaba tan llena de vida y alegría que cada vez le costaba más pasar tantas horas alejado de ella.

No estaba en la habitación, pero vio que las puertas del jardín estaban abiertas. Pisó algo de camino hacia allí y frunció el ceño al ver que se trataba del colgante que le había dado la noche anterior. Se preguntó si el cierre estaría roto. Lo recogió y lo examinó, pero estaba bien.

—¡Cassie! —la llamó.

Un movimiento atrajo su atención, Cassie caminaba sola por el jardín.

Se dio la vuelta al oírlo, pero no corrió hacia él como otros días. Estaba muy seria.

—¿Qué te pasa? —le preguntó mientras iba hacia ella.

Cassie se cruzó de brazos y no dijo nada. Había algo distinto en sus ojos y no encontró ternura ni calidez en ellos.

—¿Qué ha pasado? ¿Ha ocurrido algo en la escuela?

Cassie negó con la cabeza. Él se le acercó y levantó la mano para acariciarle la mejilla. Se quedó helado al ver que se apartaba. No entendía nada.

—He encontrado esto en el suelo —le dijo mientras le enseñaba el colgante.

En lugar de aceptarlo, Cassie dio otro paso atrás.

—Puedes quedártelo, no lo quiero —susurró con voz temblorosa.

—¿Qué quieres decir? Anoche me dijiste que te gustaba, prometiste llevarlo por mí.

Quería vérselo puesto, le preocupó que lo hubiera tirado al suelo y lo que ese gesto significaba.

—Entonces, no sabía lo que era —repuso Cassie—. Es un zafiro auténtico, ¿verdad?

—Sí, Cassie. Sé que no te gusta aceptar regalos caros, así que...

—Así que me mentiste.

—No quería engañarte, pero lo vi y me acordé de ti. ¿Es eso un crimen? —preguntó irritado.

—No me gusta que me mientan.

Enfadado, se guardó el colgante en el bolsillo.

—Si tanto te ofende, no tienes que aceptarlo —le dijo.

–No quiero nada de ti.

Frunció el ceño al oírlo.

–¿Qué más da? Soy un hombre rico. Me gusta poder darte cosas bonitas.

–Y también te gusta tenerme aquí como una mantenida, ¿verdad?

–Yo no usaría esa palabra.

Había tenido muchas mujeres, pero ella era diferente. Lo que tenían no era un arreglo comercial.

–Somos amantes –le dijo él.

–No, los amantes comparten y se tratan como iguales. Yo pensaba que lo éramos, pero me equivocaba.

–¿Por qué? –le preguntó acercándose un poco más a ella.

Creía que esas semanas habían compartido algo más que mera pasión, aunque no pudiera durar. Con Cassie sentía...

–Porque te vas a casar.

Sus palabras fueron un jarro de agua fría.

–Porque me has convertido en una mantenida, una especie de prostituta, y has tratado de comprar mis favores mientras planeabas casarte con otra mujer.

–¡Un momento! –protestó con un nudo en el estómago–. No ha sido así y lo sabes. Esto es algo especial y verdadero, algo que solo tiene que ver con nosotros y nadie más. Tú... Tú me importas mucho, Cassie.

Hablaba sin pensar, pero se dio cuenta de que los sentimientos eran reales y muy fuertes.

–Pero se te olvidó mencionar que ibas a casarte muy pronto. Nuestra relación estaba condenada al fracaso antes incluso de empezar –le dijo Cassie.

–Nunca te he hablado de matrimonio. No esperarías que...

–No, claro que no –lo interrumpió ella con una risa amarga–. ¿Cómo he podido ser tan ingenua?

Pero su voz la traicionaba. Estaba muy dolida.

No entendía cómo podía Cassie haber imaginado que entre ellos pudiera haber algo más. Ella estaba de paso en el país, nunca podría casarse con una mujer que le habían entregado para que fuera su esclava sexual. Creía que Tarakhar necesitaba una mujer con buena reputación.

Lo que sentía por Cassie era lujuria y deseo. También la respetaba, pero nada más.

—Me mentiste, Amir —le espetó Cassie—. Me ocultaste la verdad que me debías a mí y a tu prometida.

—No es mi prometida.

—Todavía no, pero falta poco, ¿verdad?

—Mis planes de boda no tienen por qué afectar lo que tenemos —se defendió él—. Ya te dije que pensaba casarme.

—Sí, pero pensé que hablabas de hacerlo algún día, en el futuro. ¡No sabía que la boda era inminente! —protestó Cassie—. No digas que no tiene nada que ver con nosotros. ¿Acaso pensabas seguir teniéndome aquí después de la boda? ¿Te excita tener a dos mujeres?

—No hables así —repuso con una mueca de desagradado.

Pero Cassie se limitaba a señalar el fallo de su plan. Había pensado durante semanas que tendría tiempo de terminar con ella antes de la boda, que lo haría en cuanto la pasión comenzara a desaparecer, pero no se cansaba de ella. De hecho, la necesitaba cada día más.

—¿No te gusta que te diga las verdades a la cara? Tú eres el que me ha puesto en esta situación, pagando con joyas y ropa muy cara lo que te doy. No soy lo suficientemente buena para que te vean conmigo. Solo soy buena para...

—¡Basta! —la interrumpió fuera de sí—. Nunca he querido insultarte, Cassie.

—Ahora entiendo por qué no querías que diera las clases por la ciudad. No era para protegerme a mí, sino para evitar que el escándalo interfiriera con tus planes de boda.

Se dio cuenta de que tenía razón. Había sido muy egoísta.

–Pensé que eras diferente, un hombre noble al que podía respetar. He sido muy ingenua.

Sentía una gran angustia al verla así. Extendió la mano hacia su mejilla.

–*Habibti*, no quería...

Cassie le apartó la mano y se dio la vuelta. Pero tuvo tiempo de ver lágrimas en sus ojos.

–No me llames así, sé lo que significa. No soy tu amada. Puede que te entregara mi inocencia, pero no soy tonta. No insultes mi inteligencia.

No podía creerlo. Se quedó sin aliento. Cassie le había entregado su inocencia...

Recordó cómo lo había seducido, la pasión con la que se había entregado, cómo había disfrutado del sexo. Le parecía imposible, pero...

Se acordó también de que había visto dudas y cierto temor en sus ojos. Y una mancha de sangre en la sábana. Había sido increíble aquella primera vez, pero todo acababa de cambiar.

Se quedó mirándola completamente atónito. Nunca se había sentido tan mal.

–Cassie... –le susurró con voz temblorosa–. Nunca quise que fuera así... Pero te deseaba tanto.

Solo había pensado en ella y en nada más. Por primera vez en su vida, se había dejado llevar por el instinto, buscando consuelo en los brazos de esa mujer y negándose a renunciar a ella. Pero había llegado el momento de pagar por su egoísmo. Nunca se había sentido tan impotente.

–He dejado que me convirtieras en tu mantenida, algo de lo que siempre he huido...

–¿Por qué? –le preguntó con angustia.

Vio que le caían las lágrimas por las mejillas. Quería abrazarla y tranquilizarla, pero el dolor en sus ojos lo detuvo.

–Me juré a mí misma que nunca sería como ella y... Y ahora soy...

–¿Como quién, Cassie?

–Como mi madre –susurró–. Era la amante de un hombre rico que estaba casado y se quedó embarazada de él. Estuvo así durante años, viviendo de su generosidad y de la poca atención que le daba. Cuando él la dejó, se buscó otro protector. Y después, otro más. Uno de ellos decidió además que, como había pagado los favores de mi madre, también me podía tener a mí.

Amir se quedó sin aliento al oírlo.

–No consiguió lo que quería. Desde ese día, nunca más regrese a casa cuando teníamos vacaciones. Fue entonces cuando juré que nunca sería como ella. Hasta que llegaste tú, siempre he evitado a los hombres. ¡Pero mira en lo que me he convertido! –agregó entre lágrimas.

Su orgullo y su dolor provocaron una oleada de emociones nuevas para él.

No podía soportar esa situación. La abrazó con fuerza, sintiendo más que nunca su fragilidad. Cassie no se movía, estaba rígida entre sus brazos, pero siguió llorando sin apartarse hasta empapar su camisa.

Nunca había sentido tanta vergüenza. Creía que había sido un egoísta y se arrepentía profundamente.

–¿Amir? –susurró ella poco después.

–¿Sí? –repuso mientras contenía la respiración.

–Quiero irme ahora mismo. No quiero volver a verte nunca más.

Capítulo 15

TRES SEMANAS después, Cassie miró por la ventana de su escuela rural. Veía las montañas a lo lejos. Trataba de no pensar en la semana que había pasado en Bhutran ni en el hombre al que había conocido allí. Ese hombre que le había robado el corazón sin que ella se diera cuenta para rompérselo después en mil pedazos. No entendía cómo podía seguir amándolo.

Después de lo que le había hecho a ella, le parecía patético que siguiera sintiendo lo mismo.

Había llegado a la conclusión de que él no era el único culpable, ella se había dejado arrastrar por el deseo y por lo que Amir le había hecho sentir física y emocionalmente. Por primera vez, se había sentido llena en todos los sentidos.

Le parecía increíble que aún anhelara las manos de ese hombre y echara de menos su voz o el brillo en sus ojos cuando la miraba.

Aunque le dolía y le avergonzara haberse convertido durante un tiempo en la amante de ese hombre, lo que más sentía era angustia por lo que había perdido.

Sabía que tenía que cambiar, olvidar a Amir y dejar de sentirse como una víctima.

Podía oír tras ella las voces de las mujeres. Estaban practicando en parejas una sencilla conversación en inglés que les había enseñado.

Se acercó a las alumnas que tenía más cerca. Les corrigió un par de cosas y las animó a seguir estudiando el vocabulario que les había enseñado ese día.

Las clases le estaban ayudando a seguir adelante y no perder por completo la cabeza. Le gustaba tener un propósito y le daban mucha satisfacción. No echaba de menos el teatro.

Había empezado incluso a pensar en dedicarse permanentemente a la enseñanza del inglés. No en Tarakhar, eso sería demasiado doloroso, sino en otro sitio donde la necesitaran.

Le gustaba ver cuánto progresaban esas mujeres y envidiaba su capacidad para tratar de mejorar cuando ella seguía viviendo en el pasado y no parecía capaz de olvidar a Amir.

Aunque el futuro fuera incierto, se dijo que tenía que luchar por salir adelante.

Se abrió de repente la puerta de la clase y entró la directora. Parecía muy emocionada.

–Señorita Denison –la llamó–. Perdone la interrupción, pero tenemos invitados muy importantes. ¡Ha sido una visita sorpresa y un honor grandísimo!

La mujer miró a las alumnas y se dirigió a ellos en su propio idioma. Vio que todas se enderezaban y que parecían muy nerviosas. Algunas aprovecharon para enderezarse la ropa y pasarse la mano por el pelo.

Era una zona rural muy aislada y no le extrañó que cualquier visitante provocara tal revuelo. Ella había comprobado en primera persona ese entusiasmo e interés.

Se dio la vuelta hacia la puerta con una sonrisa en la cara. Pero se quedó inmóvil al instante, horrorizada al ver quién estaba frente a ella.

Había pasado semanas sin ver a Amir, pero había soñado con él cada noche. Se dio cuenta de que era aún más atractivo de lo que recordaba. Era muy doloroso verlo de nuevo.

–Y ella es nuestra maestra voluntaria, la señorita Denison –anunció la directora.

–Señorita Denison –lo saludó Amir con una breve inclinación de cabeza.

Estaba muy serio, no sabía qué estaría pensando, pero le bastaba con verlo para sentir una oleada de calor de la cabeza a los pies. Tenía el mismo magnetismo y encanto de siempre, pero le dio la impresión de que sus ojos estaban tristes.

–Alteza –repuso ella con la voz algo ronca.

Tenía los pies clavados en el suelo y el corazón le galopaba en el pecho.

Apartó la mirada de Amir y sintió que se tranquilizaba un poco.

–Hola, Faruq.

–Señorita Denison, es un placer verla –repuso Faruq dándole la mano y sonriendo.

No entendía qué hacían allí. Sabía que a Amir le gustaba estar cerca de su pueblo, pero sabía que tenía una estricta agenda. No hacía visitas sorpresa como esa.

Se le pasó por la cabeza que pudiera estar allí para verla. No quería hacerse ilusiones, pero no podía dejar de pensar en esa posibilidad.

La emoción y la ansiedad se mezclaban en su interior mientras veía cómo hablaba Amir con sus alumnas. Trató de calmarse, pero estaba muy nerviosa.

No sabía qué podía querer ni de qué podrían hablar. Todo el mundo, incluso en esa zona rural, había oído hablar de la boda y de las celebraciones que estaban a punto de comenzar.

Amir había permitido que se fuera, no había tratado de convencerla para que se quedara con él. Sabía que le avergonzaba tenerla en el palacio y la boda que estaba organizando era mucho más importante.

Había tenido semanas para hacerse a la idea, pero no podía imaginarlo con otra mujer. Esperaba poder superar pronto esa situación y olvidarlo.

Se quedó inmóvil, usando su formación de actriz

para fingir que aquello no iba con ella. Si Amir podía soportar estar allí y verla, pensaba demostrarle la misma indiferencia y no permitir que la viera nerviosa o dolida.

Le temblaban tanto las rodillas que tuvo que apoyarse disimuladamente en la pared. Estaba deseando que se fueran. Esperó unos minutos más y vio que Amir hacía ademán de ir hacia la puerta, pero se detuvo.

La directora la miró entonces, parecía sorprendida. Poco después, salieron las alumnas de la clase sin decir nada y mirándola de reojo. Faruq hizo una reverencia y siguió al resto.

Estaban solos.

Sin pensar en lo que hacía, fue hacia la puerta, no podía quedarse allí con Amir. Estaba a punto de salir cuando él fue a agarrar su brazo. Lo evitó pegándose a la pared.

–Cassie –le susurró Amir–. No te vayas.

Le habría encantado que le dijera esas mismas palabras unas semanas antes. A pesar de su indignación y dolor, había esperado que él tratara de convencerla para que se quedara.

–¡No! –replicó enfadada.

Amir cerró la puerta en silencio. Sabía que no iba a poder salir de allí hasta que lo decidiera él.

–¿Cómo te atreves a retenerme aquí en contra de mi voluntad? ¿Cómo te atreves a venir? ¿No has hecho ya suficiente? –le preguntó con la voz quebrada–. ¿O es que has venido para decirme que tengo que irme? Supongo que no te gustará tenerme aquí cuando estás a punto de casarte.

–No, no es eso –repuso con firmeza–. Cassie...

–No, no quiero oírlo. No hay nada que decir –le dijo mientras se cruzaba de brazos.

Se dio la vuelta y miró por la ventana, concentrándose en las lejanas montañas.

–Te equivocas –susurró Amir detrás de ella.

Podía sentir su calor y una parte de ella deseaba abrazarlo y fingir que nada había cambiado.

–Hay mucho que decir –murmuró en voz baja.

–¿Cómo está tu prometida? –le preguntó ella.

–No es mi...

–Bueno, pero pronto será tu prometida.

–No, eso no va a ocurrir.

Sus palabras se quedaron flotando en el silencio. Pensó que no lo había oído bien.

Poco a poco, se volvió hacia él. Amir la miraba con solemnidad.

–¿Qué quieres decir?

–Que no va a haber ningún compromiso, no será mi esposa.

Se quedó perpleja, todo le daba vueltas y sintió que se mareaba. Amir trató de ayudarla, pero ella se apartó y se apoyó en una de las mesas del aula.

–¿Me estás diciendo la verdad?

–No habrá más mentiras entre nosotros, Cassie.

–Pero ¿y la boda? Todo el mundo habla de la boda real.

–Ha sido cancelada –le dijo Amir mientras la miraba a los ojos.

Ella negó con la cabeza. Le costaba creerlo.

–No puede ser. Todo el mundo la está preparando y el pueblo está ilusionado con las celebraciones. Me dijiste que tenías que casarte. Hubo largas negociaciones...

–Sí, pero todo se ha paralizado. No va a haber boda –le dijo Amir–. La familia de la novia recibirá una indemnización generosa, aunque no llegará a haber un compromiso oficial.

–Pero ¿qué pasa con ella? ¿La mujer con la que te ibas a casar?

Aunque no la había conocido, no pudo evitar sentir cierta compasión por ella.

–Era un matrimonio concertado, Cassie, no uno por amor. Encontrará otro marido –le dijo Amir–. La noticia se hará pública hoy.

–Pero ¿no será un escándalo? –preguntó algo confusa y sin terminar de entender qué estaba pasando–. Me dijiste que era algo que querías evitar a toda costa.

Sabía que era una de las razones por las que no la había querido a su lado.

–Lo soportaré –le dijo Amir mientras se acercaba a ella–. ¿No quieres saber por qué?

Sentía que le faltaba el aire cuando estaba tan cerca, pero no tenía fuerzas para moverse.

En silencio, asintió con la cabeza.

–No podía casarme con ella. Me he dado cuenta de que no puedo casarme con cualquier mujer por el bien de mi país y porque sea lo que se espera de mí.

–Pero no lo entiendo. ¿Por qué me estás diciendo esto?

–No podía casarme con ella cuando deseo estar con otra persona –le contestó Amir.

Lo miró entonces. Podía ver el fuego en sus ojos oscuros.

–No me estarás diciendo que... –comenzó mientras se ponía en pie con renovada energía.

–Sí, Cassandra –la interrumpió Amir enunciando con cuidado cada sílaba como si estuviera recitando un juramento–. Eres tú con quien deseo estar.

–Pues lo siento, pero no me puedes tener –replicó furiosa–. ¡No voy a ser tu mantenida!

–No quiero que lo seas –le susurró Amir acercándose más–. Quiero que seas mi esposa.

Se quedó boquiabierta procesando sus palabras. Después, colocó las manos en su fuerte torso y lo empujó con todas sus fuerzas.

Él no se movió y eso la enfadó más aún.

–¡No te atrevas a jugar así conmigo! –exclamó fuera de sí.

Amir tomó sus manos entre las de él y las apretó contra su pecho. Podía sentir su corazón latiendo con fuerza.

–No es un juego –le dijo Amir–. Te fuiste y todo cambió de repente. No había color en mi vida, Cassie. Hasta ese momento, no fui consciente de lo mucho que significas para mí.

Ella negó con la cabeza.

–No quiero escucharlo.

Sabía que no podía ser verdad y no quería volver a ilusionarse. Ya había sido demasiado duro separarse de él una vez.

–Por favor, escúchame –le susurró Amir con desesperación en su voz.

Le sorprendió que le hablara así, lo miró a los ojos y vio que él también parecía estar sufriendo.

–Durante las semanas que pasamos juntos, pensé que simplemente estaba obsesionado contigo y que todo terminaría cuando pasara la pasión de los primeros encuentros. Creía que entonces podría concentrarme otra vez en mi deber y casarme con una esposa adecuada. Llevaba años planificándolo. Fui un cobarde. Creía que lo hacía para proteger a mi país y a los hijos que aún no he tenido. En realidad, me daba miedo sentir lo que estaba sintiendo.

Era increíble escuchar lo que le estaba diciendo y ver la verdad que había en sus ojos.

–No supe lo que me pasaba hasta el día que te fuiste de mi lado.

No podía dejar de mirarlo.

Amir levantó una mano para acariciar su mandíbula y, esa vez, se lo permitió. No pudo evitar estremecerse al sentir el contacto con su piel.

–Ese día, te dije que me importabas mucho, Cassie. Pero la verdad es que te amo.

Se le llenaron los ojos de lágrimas y el corazón le latía con fuerza. Una voz en su interior le decía que solo eran palabras para tentarla. No podía ser verdad.

Abrió la boca para decir algo, pero estaba sin voz. Amir se inclinó en ese instante hacia ella y se quedó inmóvil. Trató de retroceder, pero él no la soltó y la besó suavemente en los labios.

Fue un beso tan tierno y dulce que le entraron ganas de echarse a llorar.

—No puede ser verdad —susurró ella cuando Amir se apartó.

Él la miraba fijamente y con una expresión en su cara que no había visto nunca.

—Nunca he hablado más en serio que ahora mismo, Cassie.

Amir acarició con ternura su mejilla. No sabía si le temblaba la mano y si era ella la que temblaba. Le parecía que estaba siendo sincero, como si acabara de abrirle el alma.

—Creo que te he amado casi desde el principio —le confió Amir mientras bajaba la mano por su pelo—. Eres tan fuerte y bella... Y tan valiente que deseé conocerte mejor desde el principio.

—Pero no me deseabas por mi valentía —repuso ella sin dar su brazo a torcer—. Lo que querías era mi cuerpo.

—Por supuesto. ¿A qué hombre no le gustaría? Eres muy hermosa —le dijo Amir—. Ese era el problema. No podía ver más allá del deseo hasta el día que me echaste en cara que te hubiera mentido. Fue entonces cuando supe que sentía mucho más por ti, no solo deseo.

Lo miró fijamente a los ojos, quería creerlo más que nada en el mundo.

—Cuando vi lo que te había hecho... —murmuró mientras la abrazaba—. ¿Podrás perdonarme? No fui consciente hasta esa noche, no quería pensar en ello. Aunque Faruq y Musad trataban de persuadirme para que rompiera contigo.

–¿En serio?

–Sí. A Musad le inquietaba el posible escándalo, pero a Faruq le preocupaba que sufrieras por culpa de la situación. Vio lo que yo estaba demasiado ciego para ver.

Amir levantó sus manos y besó una y después la otra.

–Pero no era amor lo que sentías, solo deseo –le dijo ella.

–Era mucho más, Cassie. No había tenido amor en mi vida y estaba convencido de que ese sentimiento no existía. No creí que pudiera ser algo tan fuerte. Me limité a disfrutar de lo que teníamos. Quería que fueras feliz y me convencí de que lo eras.

Había angustia en sus ojos y se le encogió el corazón

–Era feliz –le dijo.

–¿En serio?

–Sí.

Vio cómo sus ojos se iban llenando de luz al oírlo.

–Entonces, ¿yo también te importo?

Fue su incertidumbre lo que pudo con ella. El Amir que conocía siempre había estado seguro de sí mismo. Eso fue lo que la convenció. Dejó salir en un suspiro tembloroso el aire que había estado conteniendo.

–Por supuesto que me importas. ¿No lo sabías?

Lentamente, Amir le sonrió. Un gesto que la envolvió como un abrazo.

–¿En serio? ¿Lo suficiente como para perdonarme?

Tenía miedo, pero se dio cuenta de que no tenía motivos para ser cautelosa, no cuando Amir la miraba como si fuera la cosa más preciosa en su mundo. No cuando sus sueños se hacían realidad.

Tragó saliva y reunió valor.

–Te quiero, Amir. Yo...

No pudo decir nada más. Amir la besó con toda la pasión que había estado conteniendo y no pudo pensar en nada más. No era un beso tierno, sino uno que conseguía que su sangre hirviera y que todo su cuerpo temblara.

Tomó la cara de Amir entre las manos y se puso de puntillas para besarlo mejor, apretándose contra él con la urgencia de una mujer que había encontrado al hombre de su vida.

–No puede ser verdad –murmuró cuando se separaron para respirar.

–Lo es, cariño. Créeme –le dijo Amir–. No podía soportar perderte. Te quiero conmigo para siempre –agregó mirándola a los ojos–. ¿Me podrás perdonar, Cassie?

Vio la sombra de miedo en sus ojos y se le encogió el corazón, borrando sus dudas.

–Sí.

Amir sonrió y fue como si el sol saliera por fin entre las nubes.

–¿Quieres casarte conmigo, Cassie?

Era lo que más quería en el mundo, pero dudó antes de contestar.

–Me dijiste que querías una esposa con una reputación intachable...

–Cuando te perdí, me di cuenta de lo que de verdad es importante. No voy a dejar que otros decidan por mí. Además, no puedes hacer nada que sea peor de lo que hicieron mis padres. Durante años, llenaron las revistas con sus escándalos y andanzas, pero yo sobreviví a todo aquello. Nuestros hijos estarán bien.

Estaba sin palabras, no podía creer que estuvieran hablando de sus futuros hijos.

–Pero será un escándalo, hablarán de cómo nos conocimos.

–Lo superaremos juntos. Además, cuando la gente te conozca, se olvidarán pronto. Sobre todo al ver cuánto nos queremos.

Lo que le decía sonaba muy parecido a sus sueños.

–Pero soy extranjera, no hablo el idioma.

–Eres inteligente y lo aprenderás pronto. El hecho de que hayas pasado tiempo enseñando inglés a la gente de manera voluntaria hará que empieces con buen pie.

–¿Y si descubren quién era mi madre y cómo vivía? –le preguntó con angustia y vergüenza–. No puedo hacerte algo así, Amir.

Él la miró con seriedad.

–Tú no eres tu madre, Cassie. Ni yo soy como mis padres. Estoy cansado de preocuparme por lo que piensen los demás. La gente me ha aceptado y aprenderán a quererte a ti también.

Amir acarició su cara y la abrazó después mientras la besaba tiernamente.

Todo era perfecto y se le llenaron de lágrimas los ojos. Sentía un gran amor por ese hombre que la entendía tan bien. El hombre de su vida.

–El pasado es el pasado, cariño. Me niego a dejar que destruya lo que tenemos. Esto es demasiado precioso y valioso.

Amir la miraba con mucho cariño, pero vio de repente que fruncía el ceño.

–Todavía no me has contestado.

Cassie sonrió, la respuesta salía directamente de su corazón.

–Seré tu esposa, Amir. Eres el único hombre en el mundo para mí.

La felicidad y el amor resplandecieron en el rostro de Amir. Se quedó sin aliento al verlo así.

–No podría pedir nada más –susurró Amir levantando su mano y besando apasionadamente la palma–. Ahora, salgamos juntos y demos la noticia a la multitud que espera afuera. Cuanto antes anunciemos nuestro compromiso, antes podremos empezar el resto de nuestras vidas.

Epílogo

AMIR quiso que la boda se celebrara cuanto antes. Las celebraciones del compromiso real terminaron y comenzaron las de la boda.

Cassie se preguntó si tendría tanta prisa por la abstinencia que se habían impuesto hasta el día de la boda. En lugar de instalarla en el harén a su regreso a la capital, Amir la había llevado a la casa de su primo, un académico que había perdido su posibilidad de llegar al poder cuando hicieron jeque a Amir.

A ella le había preocupado que su primo aún sintiera celos o resentimiento o que no fuera bienvenida en su casa, pero sus preocupaciones se disiparon pronto.

Nada más llegar, Amir y ella se convirtieron en los homenajeados de una improvisada fiesta. Pasaron un rato estupendo con el primo de Amir, su esposa, su cuñada y el marido de esta. Había además un montón de niños entusiasmados con la celebración.

Le encantó ver a Amir jugando con ellos. Se le derritió el corazón al verlo así.

Lo miró entonces a los ojos y sintió que desaparecía todo a su alrededor, que solo estaban ellos dos y la promesa del futuro que los esperaba.

Le llenaba de esperanza ver que, aunque ninguno de los dos había tenido el amor de unos padres, habían aprendido a curar sus heridas para crear juntos una familia.

Durante tres semanas, Cassie se alojó con los familiares de Amir, que la mimaron y cuidaron. Hasta que llegó por fin el día de la boda.

Fue entonces cuando realmente entendió lo popular que era Amir. Nadie la miró con desprecio o desaprobación. Todo fueron sonrisas, aplausos y deseos de felicidad.

Fue la experiencia más emocionante de su vida.

La prensa había hablado de ella y su historia había causado sensación en los medios de comunicación extranjeros, pero todos los artículos se centraron en su romántica historia de amor. Sospechaba que Amir tenía mucho que ver con el trato tan favorable que había recibido en los medios.

–¿Estás bien, *habibti*? –le preguntó Amir con preocupación mientras saludaban a su pueblo–. ¿Qué te pasa?

–Nada –repuso rápidamente–. Soy feliz, muy feliz.

–¿Por esto? –le dijo mientras señalaba a la multitud que los aplaudía.

–Sí, por eso también –murmuró volviéndose hacia él–. Pero sobre todo gracias a ti.

Sus ojos se llenaron de luz. Sabía que solo la miraba así a ella y le emocionó. No se acostumbraba a ver cuánto la quería. También lo escuchaba en su voz y lo sentía en cada caricia.

Él levantó su mano y la besó. La giró después muy despacio y besó la palma de su mano, dejando que su lengua se deslizara entre los labios. Se estremeció de placer.

–¡Amir! ¡No hagas eso! ¡En público no! –protestó ella.

–Entonces, vamos a algún lugar privado.

–Pero aún no ha terminado la celebración de la boda. Faltan horas, ¿no?

Amir se encogió de hombros y la miró con picardía.

–Así es. Estas celebraciones no suelen terminar hasta la madrugada, pero nuestros invitados entenderán nuestra ausencia.

–Eso es lo que me temo –repuso ella.

–¿Te importa? –le preguntó Amir algo más serio.

Cassie negó con la cabeza.

—No, creo que todos han podido ver ya lo enamorada que estoy.

—Pues ya somos dos.

Amir le hizo una profunda reverencia y le tendió la mano. Cassie la aceptó. Podía sentir la fuerza y la ternura de su esposo y sabía que, pasara lo que pasara, su amor duraría toda la vida.

Amir se detuvo y saludó una vez más a la multitud antes de llevarla hacia el dormitorio real.

Tras ellos, siguieron oyendo los aplausos que el pueblo de Tarakhar dedicaba al jeque y su esposa.

Bianca.

Dejaría de trabajar en el infierno enseguida

Drusilla Bennett estaba dispuesta a recuperar su vida y
a irse muy lejos del demo-
nio, quien, por el momento,
estaba disfrazado de su jefe.
Había reunido el valor para
presentar su dimisión.
Hasta ese momento, nada
había conseguido tomar por
sorpresa a Cayo Vila. Además, la palabra «no» no estaba en su vocabulario. Por
eso, la dimisión de la mejor
secretaria que había tenido
era, sencillamente, inacep-
table.
Dru había oído hablar de su
implacable atractivo, pero
cuando lo dirigió hacia ella,
entendió perfectamente por
qué era tan difícil negarle
algo a Cayo Vila.

Un jefe implacable

Caitlin Crews

Acepte 2 de nuestras mejores novelas de amor GRATIS

¡Y reciba un regalo sorpresa!

Deseo

Un acuerdo íntimo
MAUREEN CHILD

Cuando el descarado millonario
irlandés Ronan Connolly cono-
ció a Laura Page saltaron chispas. Para Laura él representaba
el peligro; y para él ella era un
refugio seguro. De modo que la
pasión prendió fuego entre ellos,
demasiado ardiente y veloz, tanto que Ronan decidió ponerle fin
antes de que pudiera convertirse en algo serio.

Pero volvió a ella de nuevo con
el deseo de reanudarlo donde lo
habían dejado. Laura por su
parte estaba dolida y furiosa... y
para colmo escondía algo.

Ronan se juró que averiguaría todo lo que había sucedido desde que él se había ido. Aunque en esa ocasión, in-
timar con Laura podía significar entregarle su corazón.

¿Le sería posible mantenerse alejado?

¡YA EN TU PUNTO DE VENTA!

Bianca

Le bastaba chasquear los dedos para que las mujeres lo obedecieran

Acalorada y exhausta por el bochorno milanés, Caroline Rossi entró en las elegantes oficinas de Giancarlo de Vito y comenzó a sentirse gorda, fea y prácticamente invisible.

La despiadada ambición de Giancarlo lo había llevado hasta donde estaba, pero no había olvidado las penalidades sufridas ni la sed de venganza que solo Caroline podía ayudarlo a apagar. Acostumbrado a que las mujeres se desvivieran por complacerlo, Giancarlo se sintió perplejo al ver que ella se negaba a seguirle el juego. Para lograr vengarse tendría que recurrir a su irresistible encanto…

La verdad de sus caricias

Cathy Williams

Bianca

Annie West

Esclava del jeque

Editado por HARLEQUIN IBÉRICA, S.A.
Núñez de Balboa, 56
28001 Madrid

I.S.B.N.: 978-84-687-2412-6
Depósito legal: M-42110-2012
Editor responsable: Luis Pugni
Fotomecánica: M.T. Color & Diseño, S.L. Las Rozas (Madrid)
Impresión en Black print CPI (Barcelona)
Fecha impresion para Argentina: 9.9.13
Distribuidor exclusivo para España: LOGISTA
Distribuidor para México: CODIPLYRSA
Distribuidores para Argentina: interior, BERTRAN, S.A.C. Vélez
Sársfield, 1950. Cap. Fed./ Buenos Aires y Gran Buenos Aires,
VACCARO SÁNCHEZ y Cía, S.A.